湖畔的女人们

[日]吉田修一 著

温雪亮 译

The Women in the Lake

U0123745

台海出版社

◇ 千本櫻文庫 ◇

　　文库，原本是指收纳书物的仓库和书库，也指收纳书与记事簿，以及不常用物品的小箱子。以前者为例，京滨急行线的"金泽文库站"就是以前镰仓时代北条氏用来收藏汉书用的，"金泽文库"名字的由来便是如此。东京都的世田谷区也存在着收集着珍贵汉书的"静嘉堂文库"。后者则更多地被称为"手文库"。

　　江户时代以来，可以放入袖袂的小开本书籍逐渐流行起来，被称为"袖珍本"。明治三十六年（1903年），富山房发行了小开本的丛书，起名"袖珍名著文库"。随后，明治四十四年（1911年），讲述战国时代的猿飞佐助和雾隐才藏系列故事的讲谈社"立川文库"发行出版。讲谈是日本民间艺术，以口语化的方式讲述历史故事的形式。而"立川文库"则是将讲谈收录成册集中出版的丛书，据统计，当时刊行量为200册左右。从那时起，文库就脱离了原本的释意，逐渐演变成了现在的类书集丛。

　　文库说法借鉴了日本出版业界的传统说法。而千本樱源自日本奈良县吉野山樱花盛开的奇景，世人皆称"一目千本樱"来形容樱花美景。千本樱文库的纳入作品皆为日系作品，题材包括推理、悬疑、幻想、青春、文化等类型，正如千本樱满山盛开的绝景。

现代日本，以"文库"命名刊行的丛书系列有200种以上，所谓"文库本"只不过是统称而已。日本传统的"文库本"常用的是 A6 尺寸的 148mm×105mm，也叫"A6 判"。千本樱文库的所有书籍将在"文库本"的基础上提升，达到 148mm×210mm 的开本标准。追求还原的前提下，力图带给读者更清晰的阅读体验。

明治维新以来，日本文坛迎来了爆发期，涌现出了众多文豪级的作家。受到许多名作的影响，日本的出版社也从中受益，得到了突破性的发展。各家出版社为了传承文化、加强创新，纷纷设立了各种奖项，用以发掘年轻作家。吉田修一出道至今，获奖无数。1997 年以《最后的儿子》荣获第 84 届文学界新人奖；2002 年以《同栖生活》荣获第 15 届山本周五郎奖；同年作品《公园生活》荣获第 127 届芥川奖，无论是大众小说还是纯文学，吉田修一都展现了令人惊艳的天赋。此外，他还曾经获得过第 34 届大佛次郎奖、第 23 届柴田炼三郎奖、第 69 届艺术选奖文部科学大臣奖，等等。如今的他，已然成为日本文坛不可或缺的一股重要力量。此外，他的多部作品都曾被改编成电影，比如，《怒》《恶人》《横道世之介》，并且在海内外都拥有不俗的口碑。

本作《湖畔的女人》是吉田修一近年创作的作品，他用细腻的笔触描写了湖畔旁两代人的故事。清澈美丽的湖泊，见证了不同时代的欲望与罪恶。无论身处何时何地，那些内心深处的原罪都在肆意生长；徘徊于此的人们，在道德与人性的边缘，疯狂拉扯。是走出来还是继续走下去，永远是一个值得深思的问题。所有的纠葛最终将会以何种方式告终，欢迎所有人一同寻找答案。

千本樱文库编辑部

目录
CONTENTS

第1章　百岁的被害人

厨房冷飕飕的。

地板是纯粹的松木材质，由于上面涂有柿漆[1]以及松烟，如果渗入洗洁剂的话就会失去原有的光泽。因此丰田佳代从小就被奶奶这样教育——清理地板时，必须用拧干的抹布进行擦拭。

以至于地板时至今日依旧黑亮，不过这毕竟是栋老房子了，一旦踩下去便会吱吱作响。如果只是地面发出声响倒也还好，可这些年从洗涤台到川端，只要在这狭窄的厨房里走动，堆放在碗柜里面的碟子就会发出响声。

这里提到的"川端"，是指流经西湖地区[2]，由涌出的充沛水源形成的水渠，这条水渠会流入各家的厨房里。

从佳代家厨房地板走下去便是由石头砌成的川端，涌进大石瓮中的地下水不仅能用来做饭，还能冰镇蔬菜。

1　将柿子未成熟的果实碾碎，压榨，再进行发酵后抽取的液体。具有防虫防腐防水的效果。——译者注

2　此处提到的西湖指的并不是日本山梨县那个和我国西湖重名的淡水湖。按照书中前后文的分析，这里的西湖地区应为"西の湖"，也就是位于琵琶湖东南岸，滋贺县近江八幡市的琵琶湖内湖。——译者注

"老爸，你好像说过要去银行汇款吧？"佳代从石瓮中捞起冰镇黄瓜与西红柿，背朝客厅问道。

她把湿哒哒的蔬菜放在菜板上面，就在佳代制作沙拉的时候，父亲正和不知何时走到她的背后。"啊，这些就麻烦你了。"体型高大的正和一走进来，佳代就通过脚底感到地板在向下弯曲。

正和手里攥着邮购的付款单据，上面写着六千九百八十日元。

"又买什么东西了？"

"羽毛枕头。"

"前些日子不是买过枕头了吗？"

"拿到那边的家里了。我把它贴在这上面了。"

正和把付款单据啪的一声贴在冰箱上面，随后回到客厅。正和使用的磁铁，是佳代随意收集的那堆食物类磁铁中的一个，虽然看上去不太好辨认，其实是迷你手握鱼鳍肉寿司造型。

顺便提一下，正和刚才所提及的"那边的家里"，是他在三四年前疑似交往的一名叫作静江的女友家中。

每到夏季的时候，初升的太阳正好能照进厨房。照射进来的阳光将川端照亮，漂浮在石瓮中的蔬菜散发出耀眼的光芒。

佳代将玻璃制的沙拉碗端到餐桌上，切好的黄瓜和西红柿看上去凉丝丝的。

"你不用混有芝士粉的那种沙拉酱吗？"搅拌着纳豆的正和接过佳代递过来的柚子沙拉酱问道。

"芝士粉？"

"嗯，是的。我在那边用的就是这个酱。"

佳代没有理睬他，将柚子酱倒在了沙拉上。

味淋鲭鱼干、萝卜泥、大粒纳豆、汤汁煎蛋、甜口虾仁豆，全是正和喜欢吃的食物。满是海莴苣的味噌汤正冒着浓浓热气。

"老爸，你总是唠叨枕头枕头的，脖子又不舒服了吗？要不去按摩一下？"

"也是。"

正和粗鲁地转动着脖子。

"你能不能不要这样胡乱转动脖子？要不我帮你预约一下吧？最近要是当天去大野医生那里，几乎没有多余的名额。"

在某种意义上，佳代很崇拜这位叫作大野的按摩师。这样说其实有些夸张了，不过无论是因为眼睛疲劳导致的头疼，还是因为腰痛带来的全身发麻，大野必定能够治好。大野是个三十五岁上下、戴着眼镜、个头不高的男性，他按摩的力道绝对称不上强而有力，但身体的深处却能感受到柔和的指压节奏。最为极致的按摩是在最后，也就是大野将手掌罩在双眼上的时候。虽然没有触碰到眼睛，掌心的热度却能一点点地传递过来。

"老爸，今天要去工地工作吗？注意别中暑了。外面好像还是三十五度左右。"

"是啊，一早起来就很热了。"

目送正和离开玄关后，佳代将小碟子里剩下的汤汁煎蛋送进嘴里。

正和所经营的丰田石材店，位于县道一侧，从自家开车前往大约需要五分钟。店对面便是琵琶湖，从游客的角度来看，这里应该是与湖畔的松林结合在一起的绝美风景，但对这些景色早已习以为常的佳代等人，只会冷淡地注视着铺满碎石的停车场，还有摆放在石材店前的那三台自动贩卖机。

这家石材店是由正和的父亲幸三一手创立的，在生意景气的时候，店里曾雇用过好几位年轻工人，现在则只剩下正和与另一位石匠勉强经营。店里的生意基本以制作墓碑为主，但由于人口锐减加之共同墓地的流行，如今多是制作建筑用的石材以及瓷砖。

在厨房清洗完餐具，佳代在洗脸间简单化好妆后便出门了。野猫正在自家的车库里呼呼大睡。

"你吃饭了吗？"

听到佳代的声音，小猫并没有抬头，而是很满足地大幅度摇晃着尾巴。顺带一提，这只猫没有右眼，这似乎是与生俱来的。它小时候在川端喝水时被住在隔壁的佐伯阿姨发现，因为看着可怜，佐伯阿姨便将它带去医院检查，但她之后并没有将其带回家饲养，而是当成散养猫进行投喂。

佳代跨过呼呼大睡的野猫，就在她要钻进车里的时候，那位佐伯阿姨对她打起了招呼："早上好，佳代。现在要出门吗？今天也很热，小心别中暑了。"她抱着看上去很重的洗衣筐，额头上流淌着汗珠。

"啊，对了，佳代，谢谢法事的回礼。商品目录昨天已经收到了。"佐姨放下洗衣筐，用放在脖子上的毛巾擦拭着汗水说道，"自己挑选东西要更好些吧？阿姨选的东西还没有决定好。东西太多，挑选起来太伤脑筋了。本来想选米或者肉之类的东西，但又看上了可爱的遮阳伞。"

"是啊，目录上面确实有遮阳伞。还有皮包之类的东西吧？"

"那种皮包是面向年轻人的。"佐伯再次用毛巾擦着脖子上的汗水继续说道，"话说，时间过得真快啊，已经是第三年的法事了……"她抬起头，望向今天气温还有可能升高的夏日天空。

"啊，我得走了。"

佳代打开车门，就在她钻进去的瞬间，车内的热气瞬间令她汗流浃背。

她从车库出发，驶过水渠上的短石桥后行驶到车道上。由于在这个时间段，附近的初中生们会骑着自行车猛冲过来，因此佳代便贴在方向盘上，在确认前方安全后再开车驶过。

前些天，在临济寺举办了奶奶寿子去世三周年的法事。

直到去世的前一天，奶奶还去过附近的超市买东西，她的去世相当突然。或许正是因为太过令人不知所措，所以无论是守灵还是告别式，佳代都没有哭过。可不知怎么回事，就在前些天三周年法事结束后，她的泪水就没有停下来，她甚至还跑到寺院的一棵松树后面哭个不停。

这并非悲伤也并非寂寞，而是在奶奶去世整整两年间的情绪上的积攒与崩溃。"奶奶，用帮你拿毛巾吗？""奶奶，玄关上锁了吗？""奶奶，今天也非常热的。""奶奶！我刚刚叫你来着。"这两年间的呼唤，仿佛突然从体内溢出来一般。

泪流不止的她，回想起小时候奶奶给她讲过的那些故事。有些是很知名的故事，有些则是奶奶自己创作的，其中有一个故事令她记忆犹新，那便是关于天狗的传说。

某一天，村中的少女失踪了。村民们拼命搜寻可始终没有发现少女的踪迹。就在这个时候，少女在森林中苏醒了。被黄昏笼罩着的森林中，少女被一个奔跑之人仿若包裹一般抱在怀中。那人有着很粗的臂膀，可是触感却意外柔软。由于天色过暗，她无法看清对方的脸。

"你是何人？"

听到少女的询问，那人突然止住步伐。

"老夫是天狗。"

说完这句话后，他再次向前奔跑。

汽车驶出县道后，便朝与正和的石材店相反方向驶去。琵琶湖沿侧是单向一股车道。因为地势平坦又只有一条车道，所以很多汽车的车速都很快。像佳代这般遵守法定车速的司机，不是被直截了当的催车吓得忐忑不安，就是被强行超车惊出一身冷汗。

沿着琵琶湖的这条县道北上行驶约五公里，便是佳代工作的养老院"枫叶园"。

佳代她们这些工作人员要想停车的话，需要从正门玄关那里绕到养老院后方的一个角落，那里是工作人员的专用停车场。因为都是根据当天来的顺序依次停车，所以只要看到停在这里的车辆，就能知道今天谁是夜班，也能知道有谁上了白班。

走下车后，佳代环视一圈员工们的车后，再次想到：虽说都是汽车，但真是什么样的款式都有啊。

像佳代这样的女员工，开的几乎都是轻型车，不过年纪还小的阿梓开的是淡粉色的铃木Alto Lapin，那辆车的外形就跟玩偶一般。身为单亲妈妈的二谷，她开的是车内有宽敞空间的非常实用的红色大发Tanto。而爱跟老公还有孙辈一同露营的领班服部，开的则是特别定制的迷彩吉普。

服部之所以会开车去露营是有原因的，这对夫妇要抚养外孙女三叶。

之前听服部说，她的独生女自从离婚后，便和其他男性交往，一开始似乎是带着三叶与那个男人见面，但三叶好像对那个男人的态度越来越不好。然而女儿非但没打算与对方分手，甚至还会撇下三叶外出与那个男人见面。于是，实在看不下去的服部夫妇便将三叶接到自己家进行抚养。

为了使愁眉不展的三叶恢复精神，两口子便开始带她出门露营。

正因为如此，服部才会对户外活动的事烂熟于心。

佳代深切地感受到，只有自己的汽车没有特点。因为注重价格与耗油量，所以她挑选的是最受欢迎的轻型车，加之开起来又很方便，佳代并没有对此不满。只不过自己挑选的是最普通的白色汽车，有时将车停在附近大型超市或者湖畔购物中心旁的停车场里，经常会因为相似的车辆过多，致使不能迅速找出来。

佳代走进养老院前，伸了一个懒腰。她站在比较高的台阶上，按理说这里通风应该不错，但很不凑巧的是此时没有一点风。在佳代以前负责照顾过的老人中，有位老爷子据说年轻时是个建筑家。老爷子在身体还很健康的时候曾说过，这座枫叶园挡住了来自琵琶湖的湖风，加上那如土堆般的地形，更是使风向变得很差。

听到这番话的佳代觉得似乎有些道理。但转念一想，她认为只要有缝隙风就能吹进来，所以应该也没什么关系。

停车场反射着强烈的阳光，佳代逃跑似的冲进养老院。适宜的冷气抚摸着她的脸颊，很快她就闻到了养老院特有的臭味。佳代曾听说过，那些偶尔才来枫叶园一次的老人家属或者亲戚，大多都不会注意到那股气味，这让她很是吃惊。当然了，这全仰仗园内的最新设备，能完美地进行换气通风，或许正因如此，偶尔才来一次的拜访者才闻不到臭味吧。不过每天都在这里工作的佳代等人，当然还有那些入住者们，无论使用多么先进的换气设备循环空气，这些人依旧能闻到人体散发出的那股味道。

"早上好。"

佳代对前台的工作人员打过招呼后，火速赶往更衣室。走廊上摆放着由入住者们组成的园艺社团所种植的香豌豆[1]。

更衣室里，刚值完夜班的小野梓一边看着手机视频一边发出笑声。

"辛苦了。"

听到佳代的声音，小野梓回了一句"辛苦了"。接着，她一脸欢喜地将手机递向佳代说道："对了，佳代姐，给你看看这个。"

是YouTube上的视频，佳代下意识地把对方的手推了回去。

"这是什么？"

"是流星他们的新视频。是不是很傻？"

"真是够了。"

佳代将手机推到一边。

"没事的，上面打了马赛克。"

虽然画面看起来觉得很傻，但视频中传来的那些男孩们的笑声，听上去好像相当欢乐，佳代不自觉地看向视频。实际上，她并不理解这有什么可笑的，视频中的人都是YouTube上的新人，而且都是梓的男性朋友，这帮人正相当认真地拉扯着绑在晾衣夹上的细绳。

和自己这边拉绳子相比，对方拉似乎要更疼一些，看着他们弯着

1　学名叫作Lathyrus odoratus，是一种产自西西里岛的植物，在日本主要当作观赏用花。——译者注

腰时而靠近对方，时而离开对方的样子，佳代竟然习惯了这种无聊的视频，甚至还觉得有些有趣。

"啊，对了。能麻烦佳代姐点击关注一下吗？关注人数一直没有上去。"

"不要，里面都是这类视频吧？"

"偶尔有评论电影的内容。不过，不看也没有关系，关注一下就好。拜托了。回头我把账号发给你。"

梓的视线再次回到视频上并在一旁傻笑。佳代则打开柜子，开始换上工作服。

梓的男朋友就是那个叫作流星的人，本职好像是个模板工。二人最近开始同居，但男友每天早上六点不到就要去上班，这样一来就很难陪伴要上夜班的梓，这不由得令梓相当苦恼。

"阿梓，你可真是传统啊。"面对佳代的吃惊，梓反倒更为惊愕。

"什么？一点也不传统，我可现代了。"

○

尼龙材质的钓鱼裤被水浸湿到腰部，大腿就这样感受着湖水带来的压迫感。沐浴在夏日阳光下的湖面发出刺眼的波光，即使待在湖岸榛树绿荫下放出鱼竿，风一旦停止也会汗流浃背。

滨中圭介将鱼线暂时收起，随即从钓鱼马甲上掏出水壶，他喝的是妻子华子亲手调制的家庭版宝矿力。虽然味道和正品相差甚远，但家庭版宝矿力带有浓重的柠檬味，这让圭介很是喜欢。

他回头望向停靠在湖岸的汽车，原本汽车停放在背阴处，可太阳却在不知不觉中来到了挡风玻璃的上面。

圭介重新环顾着四周。琵琶湖这一带是平浅的湿地，有一片茂密的芦苇滩。微风吹过湖面，芦苇叶在静静地摇摆。

芦苇滩中还生长了众多的河柳以及巨大树木，粗大的树干从湖面突出的样子，不禁让人联想起热带雨林中的密林，如果说热带密林是一幅油画的话，那么这里的景象就如同水墨画般没有色彩。

圭介今天歇班，他从早上开始就在这里钓鱼。华子从两个月前一直在湖畔购物中心消费，为了将她积攒的积分用掉，圭介特意去了趟户外用品专卖店。当时恰巧钓鱼用品在搞促销，于是他顺势将腥臭味洗不掉的老旧钓鱼套装全部换掉。之后他一直期待着能穿上全新的钓鱼服，可一直等不来休假，即便迎来假期天气又出了岔子，结果直到今天他才穿上了这套衣服。

也不知是新衣服的效果，还是全新的卡罗莱纳钓组比较好用的缘故，抛竿比想象中的要远得多，圭介成功地钓上来了平均尺寸有三四十厘米，表面没有丝毫伤痕的巴司鱼。

圭介望向远方的湖面。

他将意识集中在将要落杆的位置上，只有那里能见到微微波动。圭介挥动钓竿，闪烁着光芒的渔线就像是在勾勒着想象中的轨迹般向外延伸。当三十五克重的铅坠落入锁定范围的瞬间，平静的湖面荡起波纹。湖面越是平静，波纹的面积就越大。

圭介暂时回到了车上，因为挂在鱼钩上的鱼虫不知为何脱落了，正好他也可以在车上把早餐吃掉。说到早餐，其实就是他在途中便利店里购买的三文鱼三明治，仅三分钟就吃完了。刚填饱肚子，平日里因睡眠不足带来的倦意一并袭来。他一大早就出门了，如今还不到早上八点。

圭介将座椅放倒，播放起手机里保存的视频。他挑选的是私人拍摄的成人影片，女人的喘息声突然外放了出来，圭介连忙关掉声音。

沿湖的县道有一处闸口，顺着闸口附近的路能驶进满是碎石的湖岸，湖岸茂密的栎树正好能将圭介的车挡住。

圭介在驾驶座上粗鲁地发泄自己的欲望，事后，他将水壶中的宝矿力一饮而尽。就在他下车将脚套进方才晾在栎树枝干上的钓鱼裤时，手机响了。

是部长竹胁打来的电话。虽说是休息日但又不能置之不理，他接听了起来，对方传来和往日不同的迫切声音："滨中吗？你能赶快过来一趟吗？不，你能直接赶往现场吗？"

"有案子吗？"

"你知道西湖地区有家叫作枫叶园的养老院吗？"

"枫叶园？没听说过。"

"沿湖一带不是有个野鸟中心吗？从那里顺着车站的方向……"

"啊……就是那栋建在农田中央的建筑吗？原来那是养老院啊。"

"我其实一直以为是医院，今早那里好像有住户死了。目前还不知道是怎样的状况，总之你先过去吧。"

"知道了，半个小时内赶到。"

用十分钟回到家中，接着用五分钟换好衣服，再用十五分钟从家里赶往现场……圭介在脑子里计算着时间，接二连三地超过前方的车快速行驶。

圭介到家时华子正在阳台摘取香草，见到提前回家的丈夫，她睁大眼睛问道："你怎么回来了？"

"突然有工作找上门。我立刻就走。"

圭介将衣服脱掉。

华子慌忙从阳台回到屋里，她先将香草放到厨房，然后蹲在卧室的壁橱前将衬衫取出，圭介对即将临盆的华子担心地说道："你别动不动就乱跑。"

"很晚回来吗？"

"现在还不清楚。"

圭介抚摩着华子的腰部。实际上她的腰部已经很臃肿，但不可思议的是，如此抚摩竟然能感受到原本纤细的腰线。

"啊，对了。如果你有时间的话，能替我感谢一下大嫂吗？她又送来了看上去很贵的有机棉褡裤。我上网查了一下，要一万两千日元呢。"华子将一个箱子打开后说道。

"襁褓是什么东西？"圭介一边粗鲁地打着领带一边问道。

华子从中取出一条像是毛巾一样的东西，然后裹在自己的肚子上说："就是这样用的，用来包住婴儿。"

圭介走到玄关，将脚伸进皮鞋里，这双新鞋刚穿不久，皮革还能发出声响。

"太贵重的东西，咱们可不能要。"

"又不是我死乞白赖地让人家送的。"

圭介冲出玄关。"路上注意安全。"伴随着华子的声音，门被关上了。

华子的娘家，祖祖辈辈都是本地的牙医，如今家业已由长子继承。圭介从很久以前开始就不喜欢这个大舅哥的媳妇。当然了，他们并没有公开发生过冲突，见面了也会正常打招呼。只不过在那冰冷的态度下，无论对方说什么，都会让人觉得有些阴阳怪气。

圭介曾将自身的感受告诉过华子一次，华子虽然嫁给了刑警，但并不在意这个世界的恶意，她似乎难以理解这些。在她看来，自己的丈夫与其说是在解决阴暗的案件，其实更像是在扮演解决阴暗案件的电视剧刑警，华子所想象的案发现场，是那种有着极强照明，没有丝毫血液与汗液等人类臭味的地方。

高中时期，圭介曾参加过足球部，似乎很受女孩子的欢迎。某天练习赛结束后，在与队员们回程的路上，圭介被对手学校的女生们拜托一同合影。他虽然很开心，但是并不想受到队友们的嘲弄。没想到队友们却说："圭介，那我们先去车站前面的那家大阪烧店等你了。"然后众人就像撇下鞋带松掉的朋友一般，将圭介留在了那里。

也就是从那时起，他开始和就读邻街女子高中的华子进行交往。他们其实是在两校共同举办的慈善义卖会上认识的，当时的华子也是一样，被圭介所属学校的男生们请求一同合影。结果华子的朋友们也像撇下鞋带松掉的朋友一般，将华子留在了那里。

双方的感觉就像是在重新系好鞋带，抬起头的瞬间看到了对方的脸。

在那之后，他们都考上了本地的大学，然后华子住进圭介独自生活的公寓，开始了类似同居一般的生活。每到休长假的时候，圭介都会带着同学前往华子父母名下的北湖别墅度假。在大三那年，华子被选为琵琶湖小姐，于是圭介开着摩托陪她参加全国范围的活动，并且一同品尝各地的美食。

大学毕业后，在圭介升入警察学校的预备科时，他考虑过结婚的事。在长达六个月的在读期间，除了写信联系外双方再无其他的联络方式。在每个星期只有一次的信件中，他们不知不觉地聊到了未来的生活。圭介自然想和华子共度一生。如果未来的伴侣是华子的话，他有自信能够幸福地生活下去，更何况他现在就是如此。不管是他的朋友还是他的领导，实际上就连双方的父母都看好他们，对此还赞叹有加，认为圭介与华子是天生的一对。

赶到枫叶园时，那里并没有特意拉起警戒线，就连媒体的车都没有开来。停车场鸦雀无声，面包车里一位驼背极为严重的老人被扶到轮椅上，然后缓缓地被推下车。通过竹胁部长的语气，圭介认为辖区内一定是发生了难得一遇的杀人案。

当他走进养老院里时，内部早已乱成一团，养老院的职工还有鉴识人员慌张地在里面进进出出。前辈伊佐美正在和一位看上去像是工作人员的女性谈话，圭介走到他们身后。

"我来晚了。"

圭介小声打着招呼。伊佐美轻轻点了下头，立即结束了与工作人员的交流，迅速带着圭介前往案发现场。

"情况你都听说了吗？"

听到伊佐美的询问后，圭介摇着头回答道："没有，还什么都没跟我说呢。"

"被害人叫作市岛民男，一百岁。"

"一百岁？"

圭介不由得停下脚步。

"戴着呼吸器的被害人，在今晨被人发现死于心肺功能停止。死因是脑缺氧。赶来的逝者家属认为养老院给出的说明与工作人员的态度不一致，这才报了警。就目前的情况来看，有可能是因为呼吸器出现故障，也有可能是值班的护士们存在工作上的过失……"

"是值班的护士发现此事的吗？"

"不是护士，是看护师发现的。听说她是在凌晨五点过后注意到被害人有异样的。"

穿过擦得锃光瓦亮的走廊，能看到工作人员们全都远远地望着疑似案发现场的房间。身着白色制服的应该是护士，身着淡粉色制服的应该是看护师。

竹胁部长用手帕擦拭着额头上的汗水，并从那个房间里走了出来。

"我来晚了。"圭介说道。

"咱们出去说吧，这里先交给鉴识人员处理。"

竹胁将圭介和伊佐美推了出来。

圭介回头望去。就是一件平淡无奇的房间，里面放着一张床，侧桌上连花瓶都没有。

"你再给他说一遍吧。"

他们从长廊的尽头左转，本以为这里会连接着另一条走廊，没想到前面没路了。这里是一处休息区，看上去硬邦邦的四人长椅被排成"コ"字形。

竹胁坐到长椅上，圭介和伊佐美则站在他面前。

"昨晚值班的是两名护士以及两名看护师，差不多就是这样一个安排。"伊佐美翻开笔记本说道。

根据伊佐美的说明，这家名叫枫叶园的养老院，分为疗养楼和AD（指阿尔茨海默病）疗养楼，这回的受害者是疗养楼的入住者。

"稍后会进行详细的调查，不过在被害者死亡时间的前后，两名护士恐怕是在睡觉……"

"两人都在睡觉？"

"没错。两人都说将工作交给了两名看护师，但看护师那边都说没有接到过正式的委托要求。"

"护士将工作委托给看护师，然后自己跑去睡觉，这种情况昨天是首次出现的吗？"

"不，这种事好像经常发生，护士人手不足的情况下，似乎都会这样去做。"

"明白了，请继续吧。"

"好的。所以本案的焦点就是呼吸器是否出现了故障，如果机器没有问题的话，那么就是养老院这边造成的工作上的过失杀人……"

在听着伊佐美报告的同时，圭介望向窗外。从这家建设在高地之上的养老院望去，能够望见防风林前方，沐浴着夏日阳光的湖面。

○

浴缸里的洗澡水伴随着肮脏的泡沫一并吸入排水口。佳代用毛巾快速擦拭着入住者的身体，防止老人受凉，并且在耳边说道："戌井先生，吊机又要慢慢升上去了。屁股还有后背等部位等移到座位上再擦。虽然会不太舒服，但请稍微忍耐一下。"

一组的二谷纪子瞅准时机，将结实的吊带挂在椅子上，然后操作遥控器，将戌井的身体慢慢抬起。和刚入住时比起来，戌井的身体消瘦不少，但从吊带发出的响声能听出，这依旧是一名男性的重量。

佳代用干毛巾放在戌井的两腿之间，虽说是出于安全考虑，但护理吊机的速度实在是太过缓慢。仅仅用一小条毛巾盖住局部的老人，其裸体如同出洋相般慢慢地从浴缸移动到座椅上。

"不要觉得羞耻，要想着自己是在让老人感到舒服。"

刚开始从事这份工作之时，前辈就曾说过这番话。就在佳代看着戌井的身体被吊起来缓慢移动之时，浴室的门被打开了。领班服部久美子探出头说："还要多久才能洗好？"

"已经快结束了。今天戌井先生在脱西服的时候，完全没有给人添麻烦。虽然跟平常洗澡的时间不一样。"

二谷向依旧绑在吊机上的戌井露出微笑，不过对方并没有反应，佳代帮忙扶住戌井瘦弱的大腿，然后调整吊具下降的角度。

"帮戌井先生洗完澡后，你们能一同前往咨询室吗？刚才还说要一个个问话的，不过好像两个人一起去也可以。"

服部说完这话后便粗鲁地关上门，走廊随即传来匆忙的脚步声。

"不知为何突然紧张起来了，这算是正式询问吧？"

二谷说道，她一边夸张地故意颤抖着身体，一边小心翼翼地擦拭着戌井的后背与臀部。佳代将戌井皮肤松弛的双臂搭在自己的脖子上，她尽可能把老人抱起来好让二谷擦干身体。

"不过，佳代你能陪我一起去太好了。这让我放心多了。"

"我也是。我从学生时代起，一遇到面谈或者面试，心脏就跳得快到不行。"

或许是知道自己被晾到一旁，洗澡时还安分的戌井此刻想挣脱佳代的手。

"戌井先生，再忍耐一下。很快就要结束了。"

听到佳代的声音，戌井越发地不情愿。

"戌井先生，今天一〇八号房间的市岛民男先生去世了，所以来了不少警察调查此事。虽然是其他班负责的住户，但所有职员都要被叫去询问。"

虽然无法完全理解二谷的解释，但原本还反抗的戌井不再挣扎。

将戌井送回床上后，佳代二人朝咨询室走去。本以为走廊上会排满等待询问的人，没想到一个人影都没有。

"要不要敲下门？"

二谷将耳朵贴在门上，佳代也把脸凑了过去。屋内鸦雀无声。

"在这里稍微等一下吧。"佳代看向眼前的长椅。

"也是。"

她与二谷坐到硬邦邦的长椅上紧挨在一起，二人显得有些心神不定。此时咨询室的门被打开了，从里面探出一名年轻刑警的脸："没见到女警官吗？"

"没有。"

二谷回答道，慢一拍的佳代也说道："一个人都没有。"年轻刑警踮起脚确认着走廊深处。或许是因为被晒得很黑的缘故，他的衬衫看上去白得吓人。

"你们是……"

此人似乎是放弃了寻找女刑警，将视线重新回到佳代二人身上。

"是领班服部让我们来的。"回答这句话的人是二谷。

"服部是？"

"二班的领班。"

"这样啊。那么，请进吧。"

佳代二人站起身来，此时她们才注意到刚刚一直没心没肺地坐着，随即她们害羞一般用肘部碰撞着对方。不过刑警的表情并没有丝毫变化。

咨询室里依旧和往常一样。入住指南之类的宣传册堆放在桌子上，窗边摆放着米老鼠和小熊维尼的玩偶。

"我是西湖署的滨中。百忙之中让二位前来，真是辛苦了。"

这位刑警坐在平日里工作人员所坐的位置上，佳代二人则坐在来访者专座的豪华椅子上。

"能告诉我二位的名字吗？"

直到现在，刑警才首次抬起头。与其说是抬头，不如说其实只有眼睛在往上动，刑警直直地盯着二谷。

分明没有在看自己，但佳代不由自主地避开了刑警的视线。转移开的视线落在了像是警察笔记本的东西上面。就在这个瞬间，她想到这该不会就是传说中的警察证件吧？但看着又不像，像是在超市就能随处见到的那种笔记本。在打开的那页上面，写满了蚂蚁大小的文字，感觉这些字随时能从上面爬出来一个，然后落在这位刑警被晒得黝黑的手指上。

"下面这个问题会对所有人都问一遍，能否请你们简单说一下昨晚的工作流程？"

听到名叫滨中的刑警询问后，二谷流畅地回答道："由于昨天晚上有夜班，所以我晚上八点就来了……"

待在一旁的佳代慌张起来。原来二谷事先准备好了回答内容。她努力回忆起昨晚发生的事，结果变得更加紧张。

原本昨天还有今天，佳代都是从上午九点工作到下午六点的白班。但是从前天开始，在服部领班的建议下，她代替了因为腰伤突然请假的沼田。白班结束后又继续上夜班，佳代已经连续工作了二十四小时。外加上今天上午的骚动，原本应该上午九点下班的她只能继续上班，陪二谷一同工作到近乎中午。

不过，正因为不合规矩的排班表，昨天她睡了将近五个小时，因此体力上并没有问题。

昨晚佳代与夜班的二谷一同照例巡视着各个房间，巡视结束的时间和往常一样是在晚上十一点前后。返回工作室，二人分别填写每日的报告。二谷还跟刑警说，由于连续工作佳代有些累了，于是让她在十二点前去临时休息室休息。

虽然佳代没有特意前去确认，但护士中村等人应该睡在了靠窗的上下铺。当时她还在想："今晚只有一班的看护师还醒着。"

后来，佳代只起来上过一次厕所，然后就一直睡到凌晨四点多。等她整理好衣服回到工作室时，二谷刚好巡房回来。"佳代，你已经醒了啊？你可以睡到五点的。"但佳代说自己已经睡醒了，此刻呼唤铃恰好响起，于是她便前往二〇五号房间给白须先生更换尿不湿。

五点一过，住户们就陆续都醒了，工作也变得忙碌起来。大概是在确认住户们服用的药物是否有变化后，也就是佳代与二谷商量分担早饭工作的时候，一班所负责的一楼突然传来嘈杂声。那里是患有AD的老人们所居住的地方，所以时常会发生小吵小闹，佳代只是在想这次又是因为什么吵起来了，然后静观其变。

在处理准备早饭等例行工作时，佳代这才知道出现嘈杂声的原因。住在一〇八号房间的市岛民男今早亡故，可如果出现异常情况就会发出声响的呼吸器却没有发出警报。佳代是在把各个房间的早饭都收拾完，才知道赶来的逝者家属在质疑完患者死因后选择了报警。

出于担心，佳代与二谷也前往一楼。但是，楼下并没有预想般那样混乱，一班的工作人员全都回到了日常的工作中。

"老爸，你还喝烧酒吗？还吃饭吗？"

佳代从冰箱里取出竹荚鱼茶泡饭的料理包，将其洒在半碗白饭上然后倒入热水。这是特意从长崎购买的茶泡饭料理包，当热水浇在竹荚鱼上时，鱼肉逐渐变白，香味扑面而来。

奶奶寿子不怎么喜欢吃西餐，可唯独喜欢用这个竹荚鱼茶泡饭料理包做出来的意大利面，而且能将一人份的面全部吃光。

"老爸，还吃饭吗？"回到餐桌上，佳代再次问道。

往玻璃杯里倒入烧酒的正和摇着头回答道："现在不用。"随后他又话锋一转，"话说回来，那个刑警不太靠谱啊。"

在离开餐桌前，佳代将今天枫叶园发生的事全都说给了正和听。正和对百岁老人究竟是自然死亡还是死于医院过失并不感兴趣，反倒是对女儿受到刑警调查一事颇感兴趣，在听完佳代的简单叙述后开始不断发问："他有没有出示警察证件？有没有询问你的不在场证明？"

"那个刑警并没你想的那般不靠谱，只不过是累坏了。这也正常，毕竟相同的问题要询问二三十人呢。"佳代吸着茶泡饭说道。

"按理说，即便是嫌疑人也得分个轻重缓急吧。像你这种不同班次的人，与那些负责死者的员工所受到的询问方式应该有所不同吧。"

"嫌疑人……"佳代笑道。

在父亲喝着烧酒，女儿吃着竹荚鱼茶泡饭的餐桌上，嫌疑人这样的词汇并不适合出现。

"老爸，我直到今天已经连续上了两天班，就先去睡了。杯子和碟子放到水槽里就行了。"

就在佳代准备离开餐桌的时候，正和有些难以启齿地叫住她："啊，那个。至于搬家的事……"

"已经拜托好搬家公司了？"

"就老爹我一个人的东西，没必要特意找搬家公司吧。"

"即便如此，咱们自己搬的话，也够麻烦的。况且天还那么热……静江阿姨那边有说什么吗？既然决定一起生活的话，你也应该认真对待吧。又不是小学生的修学旅行，总不能只带着内裤和牙刷过去吧？"

"这种事我知道。"

正和就跟平常一样，带着一丝怒气说道，佳代则将自己的碗筷送到水槽里。

在为奶奶守灵的那天晚上，佳代头一次见到正和与高中时代的同学静江在一起。正和在以前总是频繁地提及对方的名字，他们曾经还一同进行温泉旅行，所以佳代在某种程度上也知道他们的关系。

奶奶的葬礼上，原本就好管闲事的静江，从正和的丧服准备到外卖的安排，全都做到事无巨细。佳代对于静江的这种行为并不感到厌烦，反倒是坦率地想："这个人真的很爱父亲。"

"为什么不住在一起？"最开始说这句话的人其实是佳代，正和那边则显得非常害羞："这种事，无所谓了。"实际上静江和佳代似乎抱有同样的想法。随后正和又小声说道，"如果我搬过去了，你该怎么办？"

　　说实话，佳代并没有考虑过这个问题。不过如果真能如此的话——佳代脑补出正和离家后与静江在某处一同生活的场景。这里当然还是父亲的家，只不过佳代从过早离世的母亲与奶奶手中继承了这个厨房，这个厨房自然是属于她的，她无法想象静江站在这间厨房里的样子。

　　"老爸你搬去静江阿姨那边的公寓就好了。"

　　佳代理所当然地说着。其实正和与静江似乎也讨论过类似话题，静江的回答是："那从今以后她那边也能过得舒服吧。"但由于担心佳代，于是正和问道："不过，你真的没问题吗？"

　　"其实我搬出去才更合规矩吧。"佳代回答道。

　　"管他规矩不规矩呢。"

　　"不过，静江阿姨也认为自己家才是最舒服的吧。毕竟没人愿意用他人的厨房。"

　　妻子离世二十年的男人以及在十二年前离婚的女人，都在六十岁前开始了新的生活。这绝非成年子女能够干预的事。

　　八岁就失去母亲的佳代，在奶奶寿子的百般关爱下长大成人。对于自幼便和奶奶一同处理家务的佳代而言，她确实能够感受到身为父亲的正和是这个家的独生子。如今这个独生子要独立一人与其他女性一同生活。或许正因为如此，她丝毫没有即将失去父亲的那种感伤。

　　那天夜里，佳代比平常更早上床。虽然白天稍微睡过一会儿，但连续上班的重度疲劳，在洗完澡头发快吹干的时候，已经快让她整个人麻木了。因为不想被热醒，佳代打开了平常不舍得开启的空调并且定好时间，接着从壁橱里拿出夏天用的被子。之后就连收到的几则短信都没有进行确认。

就在关灯闭眼的时候，佳代仿佛立刻坠入梦中。然而就在这个瞬间，不知何故，那名叫作滨中的刑警，他的面孔竟然出现在佳代的脑海中。

在咨询室接受完询问后，佳代从未想起那张脸。就连在跟正和说话时也全然忘记了。然而如今不知怎么回事，那张脸竟然鲜明地浮现出来。瞬间，佳代打了一个哆嗦，直接把被子拽到脖子上方。她并非无法忘记刑警的那张脸，而是强迫自己不要去想他，仿佛此事与自己无关一样。

○

滨中圭介被带到陈列着医疗器械的展示厅，他用攥在手中的手巾不断擦拭着止不住的汗水。虽然室内有着充足的冷气，但由于从车站头顶太阳一路走来，身上的热气尚未消散。今日大阪市内的气温超过三十六度。

"这是跟枫叶园所使用的相同型号的呼吸器。就像我刚才说的那样，机器出现任何异常情况，必定会发出警报。"

穿着一身洁净工作服的负责人，用手触摸着呼吸器的液晶屏幕，随后拉扯着透明的软管进行示范。

圭介拜访的是名为P社的大牌医疗器械公司的大阪总店，枫叶园所用的呼吸器就是出自他家。这已经是他第二次拜访了。第一次来这里的时候，他听到的并非枫叶园使用的同型号机器，而是关于最新型号呼吸器的说明，由于警报声等功能多少有一些差异，为了确认同型号机器的情况，圭介便再度前来拜访。

顺带一提，在圭介第一次访问时，P社的顾问律师以及法务部的员工们很夸张地汇聚一堂，不过这次他并没有看到那位长发上涂满发蜡，看上去热到不行的顾问律师的身影。

"那就尽快触发警报吧。"

P社的负责人说道，接着他操作机器，过了三秒左右后，液晶屏幕上出现巨大的读秒数字。"5、4、3、2、1、0"警报声响起。

不过如果这个是闹钟的话，进入深度睡眠的人是听不到这种程度的声音的。于是圭介不禁问道："声音就这么点吗？"没想到声音突然慢慢变大了。

"若是有人在旁边的话，可以按这个按钮解除警报。不过在没有解除的情况下，就会像这样，声音越来越大。"为了不被音量过高的警报声音影响，负责人拉大嗓门说道。

"这是最大音量吗？"圭介也大声说道。

"没错，这是最大音量了。"

"能先让这玩意儿继续响下去吗？"

在圭介的拜托下，他们来到走廊。即便关上不太厚的门，音量几乎也没有变化。他们又试着穿过长廊，来到正门玄关处的前台。两位身穿制服的前台小姐一脸茫然地站起身来。

"不好意思。"

圭介来到她们面前，然后回头望向展示厅方向。虽然音量还没达到让人觉得吵的程度，但两位前台小姐已经皱起眉头。

产品展示厅的门与枫叶园案发现场的门以及墙壁的材质都差不多。所以市岛民男过世的一〇八号房附近的房间自不必多说，离走廊稍远的休息室以及护士办公室也能听到相同程度的声音。

顺带一提，在休息室里有两名护士在睡觉，而在护士办公室里则有两名看护师。

睡觉的护士们或许有可能听不到这个声音，但当时醒着的看护师们也全都说没有听到警报声。也就是说，机器因为故障所以没有发出警报声。实际上，证明没有发出警报声的，是当天一班的值班看护师本间佐和子以及松本郁子，二人全都是四十多岁、有着十余年看护师经验的老手。所以警报声果然没响。

圭介在尖锐的警报声中跑回展览厅。

即便让负责人关掉警报器，那声音依旧残存在耳中。

"由于这是敝社的产品，所以听上去像是在辩解……"负责人谦虚地对正在咽口水的圭介说道，"就像我上次说的那样，这台机器的最大目的就是让患者一直呼吸下去。所以有多重自动确认功能。"

　　在第一次拜访时，圭介也曾听过这些详细的解释。

　　首先，可以认为是出于某种原因警报没有响。在这种情况下，因为机器没有正常运作，所以警报才没有发出声音。

　　"不过，这台机器能够检测出警报发不出声音的异常情况，然后发出响声并显示出提示信息。"

　　正如负责人所说的那样，机器伴随着巨大音量的"哔哔"声，屏幕上反复出现着"监测到警报功能异常，请立即进行处理"的信息。而枫叶园的案子，连这种"哔哔"声都没有吗？

　　"这台机器被设计成即便故意将电源拔下来也会触发报警的系统，除非瞬间将整台机器破坏，否则不可能令所有功能同时出现故障。"

　　现场的机器并没有被破坏，现在还被放在枫叶园内。唯一能避免警报异常声响并停止呼吸器功能的方法，就是在警报声开始响起的时候，立刻按下警报声暂停键。但是由于五秒后声音会再次响起，所以需要再次按动停止按钮。如此重复三次，机器才能确认是警报功能出现故障。然后将机器的全部功能全权委托给按下三次停止按钮的人。

　　反过来说，除非有人故意按下三次让警报停止的按钮，否则不会发生这次出现的情况，这样一来，市岛民男说不定还能继续使用呼吸器维持生命。

闪电划过微暗浑浊的湖面。雨水击打在挡风玻璃上，这让手握方向盘的圭介不由得缩紧脖子。从大阪返回滋贺的他，在暴雨中将车行驶至沿湖一侧的县道上。即便将雨刷器开到最大，也很难在激烈的暴雨中看清前方的视野，这简直就像是开进瀑布里面一样。

或许是因为前后没有其他车辆的缘故，虽然还是傍晚，但是在车灯照射的范围里，雨水显得格外白。

圭介踩住刹车，打算从沿湖畔一侧的县道左拐驶进田间小路。由于能见度不太好，车速要比平常慢很多。就在他准备转弯的瞬间，只听"砰"的一声，车后方遭受了猛烈的撞击。

圭介慌忙猛踩刹车，但是冲击力让车前倾了过去。两侧的前轮全都陷进较深的水渠中，车体发生大幅度弹跳，圭介整个人都浮了起来。

汽车好不容易才卡在马路边上，圭介用手撑住车顶等待震动平息。

震动慢慢平息，此时又是只能听到雨水击打挡风玻璃的声音。好像并没有受伤，脖子和腰部都不疼。

通过后视镜能够看到后方那辆白色轻型车。车灯并没有打开，简直就像是在窥视瀑布内侧。

圭介在尽可能不让车体摇晃的情况下打开车门。虽然雨水一口气砸进车内，但他不顾一切地走出车外。刚一走出去，他就像是被水桶浇过一般。圭介瞬间想到口袋里的手机，愤怒之情涌上心头。

白色轻型车的驾驶座上坐着一名女性。在快速摆动的雨刷器的另一头，女人茫然若失的面孔若隐若现。

无奈的圭介走向白色轻型车。他的鞋子里迅速积满雨水，并发出令人生厌的"扑哧"声。女人慌忙下车之后伫立在倾盆大雨中一动不动。

圭介态度傲慢地说道："总之先上车吧，站在这里只会被淋湿。"然后丝毫没有理睬在一旁发愣的女人，"我先上车了，不过会把车座弄湿。"他想坐进副驾驶，可是上锁的车门无法被打开。

这才反应过来的女人慌忙钻进车里，从车内伸手把副驾驶的门打开。

被浸湿的牛仔裤清楚地浮现出臀部的形状，卷至腰间的衬衫则露出湿润的肌肤。雨珠顺着肌肤流进裤子里。

圭介钻进副驾驶，湿漉漉的开领衬衫背面在座椅上滑动着。

"这车上保险了吗？"

坐到副驾驶上后，圭介最先开口问道。送风口吹来的较强冷风让圭介的身体急速冷却下来。

"……上保险了吗？"圭介再次问道。

"啊，有的。"

女人透过挡风玻璃看向圭介的车。

"你能给保险公司打个电话吗？你这边打的话能快一些。"

相对于催促中的圭介，女人的行动就相当缓慢了。她似乎并非有意为之，只见她掏出手机的手都在颤抖。

"你没有出过交通事故吗？"

圭介一边问道，一边用手掌粗鲁地擦着湿漉漉的脸，但这样做只能将脸上的油水抹开。

"啊，对了……"

女人突然发出声音。

一直盯着女人掏出手机的圭介，重新打量起女人的脸。从刘海儿处滴落下来的水滑过她那湿漉漉的脸颊。

"……那个，我没有上保险。"

"你说什么？"

圭介的语气突然暴躁起来。

"不是，我之前上过保险的。不过，后来换成了网络保险，要到这周末才能用，所以，这期间无法补偿……因为推迟五天签约，能有早期折扣……"

女人显得相当不安，看起来似乎陷入到了绝望之中，她被吓得说不出话了。

"这是你的车吗？"

圭介问道，女人点点头。就算没办法当物损事故处理应该也有自赔责保险吧？圭介瞬间想把这件事告诉给女人，但是看到她相当害怕的样子，便想稍微捉弄她一下，于是他一本正经地威胁道："要是保险没下来的话，你有可能会被判刑然后坐牢。"

女人似乎变得更加惊恐，她先是看向挡风玻璃前方被雨水冲刷着的圭介的汽车，然后又看向坐在副驾驶上的圭介。下一秒，不知是圭介先察觉到的，还是女人这边先注意到的，几乎在同一时刻，两人的眼神都缓和了下来。

就在圭介纳闷的时候，女人确信一般地"啊"了一声。

"你是枫叶园的……"

圭介开口说道，虽然实在是没回想起对方的名字，但他记得坐在自己身边的这个女人就是前几天曾询问过情况的枫叶园员工之一。

"对，我是丰田。看护师丰田佳代。"

犹如再次接受调查一般，女人规规矩矩地说出自己的名字。车里的氛围一下子轻松不少。圭介也因此在空调冷风中打了一个大喷嚏。

"啊，用这个吧。"

女人困难地扭动身体，伸手从后排座位拿了条毛巾递给圭介。就在触碰到对方身体的时候，也不知是哪一方传来了汗臭味。圭介不客气地用那条毛巾擦了擦脸。

"你没看见吗？"圭介一边用毛巾擦脸一边问道。

"啊？"似乎是不知道对方在问什么，女人反问道。

"你没看见我的车要左拐吗？"

"啊……真对不起。雨下那么大，我一直在看湖那边……"

女人说着，然后望向那边。圭介也跟着她望去，然而雨水击打着车窗，难以看到对面的琵琶湖。

一辆大型卡车从一旁驶过，猛地溅起水花。红色的尾灯将车内照得通红。卡车驶去后又只能听到雨水的声音。巨大的琵琶湖的湖畔好似只留下了这台孤独的白色轻型车。

"我来联系拖车吧，在拖车到来之前我可以先待在车里吗？"圭介多少有些不耐烦地说道。

"当……当然可以。"女人迅速答道，然后终于关上了一直激烈摇摆着的雨刷器。

〇

雨水流过厚重的破风式屋顶。惊人的水量，让人犹如站在瀑布内侧一般。雨也是有感情的——缺乏浪漫因子、极度理性的池田立哉，被激烈的雨水勾出了类似的想法。

池田从窗边往后退了一下。刚一挪步，视野就变得开阔起来，满是浓雾的琵琶湖映入眼帘。湖面被激烈的雨水击打着，如果雨水有感情的话，那么承受这份重量的湖面或许也抱有相同的情感。

池田身处位于湖畔上的旧琵琶湖酒店的特别展示厅里，以前营业时这里似乎是被当成贵宾室使用。这座旧琵琶湖酒店是在昭和九年[1]为了招揽外国游客而建造的国际旅游酒店。这座建筑物的特点是外部为桃山样式的日式建筑造型，内部装潢则为西式，如今已作为文化财

1　昭和九年，即1934年。——译者注

产被保护起来。酒店还在营业时，被称为"湖国迎宾馆"，以昭和天皇为首的众多皇族、海伦·凯勒、约翰·韦恩、川端康成等名人都曾来过此地。

"那个……"

突然有人说话，池田回过头。一名看上去是这里工作人员的老者不知何时站在了他的身后。或许是外面的雨声盖过了老者的脚步声。

"不好意思，有吓到您吗？"

"啊，没有。由于外面的雨声过大，听不到其他声音。"

"好大的雨啊。"工作人员看向窗外，突然像想起什么似的说道，"那个，非常对不起。室内要进行维修工作，该房间的空调会暂时关闭。"说着，他望向天花板处的送风口。

"没事的，我差不多也该走了。"

"您是在调查些什么吗？"工作人员摆正挂在墙上稍微有些倾斜的展示板，然后询问道。

"欸？为什么会这么问？"

"因为您看展品的时候很专注。"

"那个，这张照片……"池田有些在意地指着眼前的照片问道。

工作人员走过来，用手指抚摸着画框边缘的金属板说："这张照片里的场景，是涉井会的会长在此授勋时所举办的派对。应该是七十年代中期的照片，不过没有标注日期。"

"好豪华的派对啊……话说回来，这个涉井会是？"池田明知故问地问道。

"是这一带的大型医疗法人。"

"医疗法人？是大型的医院组织吗？"

"没错。不过现在已经不在这片区域里了。"

"这里不是他们的发迹之地吗？"

"以前这里确实有家大型综合医院，但是这家医院在很久之前似乎发生过一些丑闻，招来很不好的评价，致使县内的设施规模缩小了。不好意思，我其实是外地人……"雨势再度变强，用力敲打着玻璃窗，"还请您慢慢欣赏。空调停止后，可能会有些闷热。"工作人员再次悄无声息地离开了。

或许是由于天气恶劣，展示厅没有其他客人。池田坐到窗边沙发上，打开笔记本电脑。

他之所以来到滋贺，是为了对九十年代发生的事件进行取材。

当年，一款用来治疗血友病等患者的血液制剂出现了极大副作用。据推测被害者有四五百人，在使用这种血液制剂的五年里，有五十多人辞世。

顺带一提，贩卖这种血液制剂的制药公司叫作"MMO"，现在已经改名为"阿拉莫斯"，是经常出现在电视等媒体上的知名大企业。

当时一名叫作宫森勋的医生，明知这种血液制剂具有危险性仍旧积极推荐使用。这位医生从刚研发药剂时起，就从MMO那里获取大量的研究经费，而他当时工作的地方就是涉井会旗下的研究机构。

简单来说就是，以利益为首的制药公司MMO，伙同相关医生篡改、捏造临床实验数据等文件。而这些作为证据的资料则被人匿名寄到了周刊社的编辑部。制药公司以及相关医生在明知血液制剂会对人体带来危害的情况下继续进行临床使用，最终导致被害群体的扩大化。

但就是如此明了的案件，不知为何并没有立案。警察这边最后因为没有找出确凿证据就此结案。然后此案过了十年，被害者家属同意了院方以及制药公司所提出的庭外和解方案。

如今之所以对这桩发生在九十年代的案件进行挖掘，自然是有其原因的。最近这名叫作宫森勋的医生，被推选为下届日本医生协会的会长。媒体想借助此人就任的机会，搞一篇大新闻出来。

刚好在展示厅空调停止的时候，池田的手机响了。虽然在空调停止的瞬间，室温不会突然飙升，但池田的额头还是微微冒汗。

手机屏幕显示的是主编渡边的名字。

"你那里离西湖地区近吗？"

"西湖地区？"

池田鹦鹉学舌般地重复着急性子渡边的问话。好巧不巧，眼前的墙上正好挂着琵琶湖周边一带的地图。他用手指在上面寻找着，如今自己所在的大津市三十公里外便是西湖地区。

"不算太近，开车需要二三十分钟。怎么了？"池田问道。

"西湖地区有家叫作枫叶园的养老院，那边最近似乎发生了医疗事故。我这就发邮件把资料传给你，你能稍微去看一下吗？就是不知道能不能写成报道。"

"医疗事故？"

"是的。死者好像是一个叫作市岛民男的百岁老人。"

"百岁？"

池田不假思索地反问道，然后他瞬间歪起头"嗯？"了一声。他的目光回到了刚才还在看的相框上。

"渡边老师，你刚才说的是'ICHIJIMAYAMIO'[1]吗？"

"对，是的。怎么了？"

"嗯……是不是市场的市，岛屿的岛，然后就是民间的男人？"

黑白照片上面是一群身着正装的绅士淑女们围绕在餐桌的场景，餐桌上面摆满了豪华西餐。照片一侧写有参加者的名字。其中一个便是"市岛民男（京都大学教授）"。

"渡边老师，那个人原先是京都大学的教授吗？"池田问道。

"啊？是吗？我这边的情报上没有写这些，这人很有名吗？"

"不。碰巧我眼前的老照片上拍到了这个人。"

"照片？"

池田本应该说明一下目前的状况，但是他觉得太麻烦了。

刚才在看到这张照片的时候，池田就在脑海里记住了"市岛"这

1　市岛民男的罗马音写法。——译者注

个姓氏。之所以会记住，不过是因为大学时代的麻将牌友里，有一个姓"市岛"的朋友。

池田重新端详起照片，巨大的水晶吊灯最先映入眼帘。有三名男性围绕在铺有白色桌布的圆桌旁边，他们的身边全都坐着身着和服像是妻子的女性。圆桌上装饰着硕大的百合花，并且摆满玻璃杯以及餐盘。这是一场和睦友好的派对的瞬间，貌似是市岛民男的壮年男性没有丝毫拘谨，露出健康的牙齿，冲着镜头微笑。

市岛民男身边的人就是医疗法人涉井会的创始人，一直担任会长的涉井宗吾，在他前方扭过头来的是第八银行的行长段田信彦。跟看上去六十多岁的涉井以及段田夫妇相比，市岛民男与妻子则稍显年轻。

照片上没有其他说明。这就是在旧琵琶湖酒店里，每晚都照常举办的一次晚宴，这些人与皇族以及海伦·凯勒等人相比，还是过于普通了。

池田用手机试着搜索"市岛民男"这个名字。维基百科上没有介绍，虽然在网上找到了两三条与之相关的信息，但都是类似名单一样的内容，并没有值得注意的地方。

不过如此一来，反倒令池田感到有些奇怪。挂在特别展示厅的照片上标注的是京都大学教授。此人如今已经一百岁了，即便是三四十年前退休，应该也能搜索出相关资料，可反常的是并没有查到。

反倒是涉井和段田一下子就搜到了。

涉井现在依旧是运营着全国医疗设施的医疗法人涉井会集团的创始人，根据总部官网上的历史介绍，集团最早的涉井医院成立于战前的A国。

而第八银行的行长段田信彦则出身名门，他是旧长州藩士段田四郎的孙子，曾任大藏省[1]官员，后来调往A国中央银行，战后担任第八银行行长一职。

"A国的医疗法人经营者与A国的银行家以及京大教授。"

池田一边嘟囔着这三人的头衔一边走出展示厅，他乘坐着年代悠久的电梯下至一楼。如今这里已不再当作酒店经营，大厅一层显得空落落的，礼品店的女店员一脸担心地望着外面的倾盆大雨。

就在池田走出正门玄关的瞬间，一道闪电划过昏暗的天空。他不禁缩起脖子，撑着从便利店买来的塑料雨伞跑向停车场的面包车。刚一跑出去，伞面就被强风掀翻。即便如此，池田还是本能地躲在伞骨下，弯着腰在雨中狂奔。跑进面包车里，坐在副驾驶上的摄影师见到池田湿透的样子，放声大笑。

从大津顺时针绕着琵琶湖一路北上前往西湖地区的路上，雨势并没有减弱。道路四周遍布着深深的积水，汽车因此多次险些打滑。

"死者的家就在枫叶园前方的不远处，怎样？是先去养老院吗？"坐在副驾驶查看手机地图的大久保问道。

1　大藏省是日本明治维新开始一直持续到2000年的中央政府财政机关。是日本当时最高财政机关。——译者注

"不好意思，还让你帮我查这些。"

"没事的，小边给我发过邮件。"

大久保是年近花甲的资深摄影师，他那张晒得黪黑的脸，很像池田在乡下务农的祖父。

"话说回来，小边的痛风怎样了？"查看手机的大久保问道。

"还在疼着呢。现在已经很难想象出不再痛风的渡边老师是什么样子了。"

"话说，池田君，你今年多大了？在这行几年了？"

"今年入行第三年，二十五岁。"

"才二十五岁啊，真是够稳重的。"

"有吗？"

"小边曾说过，你在学生时期总是待在麻将馆里打牌。怪不得会这样。"

"怪不得？"

"怪不得你能稳重，赌博会令人岁数变大。"

"真的吗？"

大雨中，汽车顺着沿湖一侧的县道飞驰而过。对面几乎没有车开过，要是遇到大面积积水的地方，可以并到对面车道进行规避。在这场倾盆大雨中，远处停着数台车辆，并且都打着双闪。

"发生什么事了？"池田问道。

"车祸吗？"大久保嘟囔着。

池田放慢车速。原来有辆汽车的前轮陷进水渠，吊车正在将车吊起。

"陷进去了？"

就在大久保喃喃自语的时候，这副光景已经落在后方，如同幻想般留在池田的脑海里。雾中的湖畔，数辆汽车打着的黄色双闪，在倾盆大雨中若隐若现。

进入西湖地区，雨势总算小了。根据大久保搜索到的信息，这里从江户时代开始，似乎就是繁荣的门前町[1]。这里作为琵琶湖水运交通的要冲得以发展，即便现在也是以车站附近为中心建设了美观的拱形商业街。虽然今天不凑巧下着雨，但贩卖佃煮以及咸菜的漂亮店铺，依旧有手持雨伞的游客进进出出。

穿过这条商业街，便是死者巾岛民男的住宅。那里已没有车站前的喧嚣，不时能见到一些残留着黑色围墙的古老民宅。这里以前应该是高大漂亮的住宅区，现在也不知是为了避税还是无人继承，许多住宅土地的角落都改成了投币式停车场，不过依旧残留着几分昔日风情。

市岛家也将原本宽敞的土地分割成几份，除了老旧房屋以及投币式停车场外，还建有小型公寓。之所以会知晓这栋公寓的所有者是市岛家，因为门牌上写着"市岛公寓"。

池田把车停进投币式停车场。积云依旧厚重，但雨已经停了。

---

1 指的是在寺庙、神社等宗教建筑周围所形成的街市。——译者注

"我稍微过去瞧一下。"

池田对大久保说完，便独自一人走出停车场。他先是在市岛家的土地周围绕了一圈。如若是在东京市中心内，这属于引人注目的房子，但和周围的房屋相比，还是小了点。

高耸的围墙令人无法看到里面的样子，二层的窗户全都拉紧窗帘。就在池田踮起脚想要偷看门里面的情况时，对面的住户推着自行车出来了。

池田装作若无其事的样子，冲着正要骑自行车、看上去六十多岁的女性问道："市岛家的人都出去了吗？按了好几次门铃都没人回应。"

好在女人没有对池田起疑，并告诉他："老太太也不在吗？老爷子不久前去世了，最近他家好像有些乱。"

"没错，所以我才前来拜访的。"

面对似是而非的回答，女人并没有很在意，反倒是对第一次见面的池田滔滔不绝地说道："我们家最近和市岛家没什么联系。我刚嫁过来的时候，老两口真是一对文雅的夫妇，对我们也是照顾有加。不过这十年来，老太太真是老了……虽然有个女儿，但她并不会跟住在附近的邻居来往。人稍微有些强势，应该大我两三岁……年轻时好像是本地电视台主持人什么的。差不多就是这类人。"

以新人身份进入编辑部的时候，主编渡边一见到池田的脸就高兴地说道："你很顶用，因为你这张脸不会让人起疑。"

"你看，说曹操曹操到。"

女人急忙闭上嘴，只见她视线的方向，有一名女性正推着自行车走过来。

"她就是市岛家的女儿。"

女人小声说完便骑上自行车，冲迎面而来的女性点过头后就走了。池田没有丝毫犹豫地对朝自己走来的女性说道："请问是市岛女士吗？能跟您稍微打听一下关于枫叶园的事吗？"

停下自行车的女性瞬间流露出一脸诧异的表情，不过她并没有表现出果断拒绝的态度。虽然她的年龄看起来在六十五岁左右，但仍旧风韵犹存，年轻时应该是个美女。池田这时才发现，这种残存的风韵实际上会让人显得更老。

"你是来取材的吗？"她打量起池田，池田立刻递上名片。对方接过来后笑着说道，"你家的杂志现在还连载着东江健一的小说吧。那小说很有意思。果然织田信长的故事就是有趣。"

"原来您看过我家的杂志啊。"池田也面露微笑，"那篇连载，实际上是由我负责的。"

"哎呀，是这样吗？去找小说家要原稿，感觉是份很有趣的工作。"

"不过现在并不是直接过去取，而是通过邮件接收。"

"这样吗？总觉得这样会缺少一些氛围。"

"您刚才的话我会转告给东江老师，老师应该会很开心。"女人把自行车停放到车库里面，池田则继续说到，"请问，警方有没有联系过您？"

"有过。"女人锁好自行车，神情暗淡地说道。

"听警方说，他们正从医疗过失以及呼吸器故障这两方面进行调查。"

对警方调查不信任的被害者家属，很容易对池田这些媒体人吐露心声。

"总而言之就是没有任何进展了。这话也太滑稽了吧？呼吸器没有故障，工作人员也没有过失，但是我父亲的呼吸却停止了。"

"还请节哀顺变。"

"我已经准备打官司了。不是状告枫叶园，就是状告P社。但无论哪边都是大企业。"她的口吻与其说是在谈论至亲之人的死亡，不如说更像是在诉说商业展望，"可以的话，请来玄关吧？我也想把东西拿进去。"

自行车的篮子里装着塞满食物的塑料袋。池田帮她拿起最重的袋子，跟着对方来到玄关。

虽然是栋老房子，但屋内的白墙还有大理石玄关应该被翻新过。鞋柜上装饰的，是伊万里烧[1]的大碟子。

市岛女士应该是先把东西送到厨房，然后再走回来开启了自己的

1　伊万里烧是对以日本以有田为中心的佐贺县以及长崎县一带所烧制出来的瓷器的总称。距今有着上百年的历史。——译者注

讲述。据她所言，事发当天早上六点刚过，她就接到了枫叶园打来的电话。七点左右赶到枫叶园时，父亲已经去世，一开始她听医生说是因为身体状况突然恶化，但后来却听到工作人员说，呼吸器的警报并没有响。

"或许是有预感吧。前些天，母亲很难得说要去看望父亲。"

据说，今年九十四岁的民男妻子身体依旧硬朗。事发前一天老夫人还让女儿帮忙叫来出租车，一个人前往枫叶园看望过老伴。

池田不由得朝走廊深处偷偷看去，但并没有看到其他人。

第 2 章

湖畔的欲望

　　尽管是工作日，馆内却挤满了过来购买刚烤好的年轮蛋糕的客人。一楼的卖场那长长的队伍有增无减，看样子还得排一个小时才能买到现烤出来的蛋糕。

　　在二楼附设的咖啡厅里，佳代一边将生奶油涂抹在刚烤出来的年轮蛋糕上，一边倾听高中好友真麻的抱怨。对方在说老公坏话的同时，还能将年轮蛋糕送到两岁儿子的嘴里，其手速令佳代甚是钦佩。

　　每次见面真麻必定会吐槽自己的老公，然后露出相当痛快的表情，接着便一如既往地说道："最近如何？有没有发生什么不同寻常的事？"

　　"没有。"

　　佳代也一如既往地回答道。这时她才想起来，自己今天本想对真麻说那个刑警的事。她当然不是为了说此事才同意真麻的邀请，只不过在受邀时，佳代认为一见到面就能顺理成章地说出此事。然而，当机会来到后，她又质问起自己要说出那个刑警的什么事呢？这些内容有必要特意说给真麻听吗？

　　"怎么了？你跟国枝如何了？"

或许是注意到佳代不同寻常的沉默，真麻探头看着她的脸。

"没什么。"

"有见面吗？"

"嗯，有的。今天也会去见他。"

"哦，这样啊。"

分明是自己问到的，但是真麻脸上并没有露出笑容，她从以前开始就不喜欢国枝这个人。首次介绍国枝时，真麻曾这样说过："佳代你喜欢归喜欢，但是这个人完全不在意你。"

真麻这番话并非出于印象，实际上他们一同吃过饭，但国枝却从未看过佳代一眼。

把国枝重成介绍给佳代的人，是枫叶园的领班服部。有一次佳代受邀参加湖畔烧烤，她觉得自己应该偶尔参加下这些活动，于是就去了。在那次活动中就有国枝。国枝大佳代五岁，在服部那群热爱户外活动、喜好热闹的朋友中，他有些神经质，看上去不是很开心，但在得知对方是初中数学老师后就多少可以理解了。事后听服部说，她们原本就是想将单身的佳代与国枝撮合到一起，因此给二人制造了准备食材以及买东西等诸多可以独处的机会，没想到一周后，国枝就通过服部，向佳代提出了约会邀请。

奶奶寿子刚去世不久，佳代觉得如果能借此缓解一下心情也未尝不可，于是就接受了邀请。

佳代在厨房的狭小空间里，把买回来的年轮蛋糕对半切开，然后对待在客厅的国枝问道："用我把蛋糕拿到那边去吗？"

那边指的是隔壁的国枝爸妈家。

"不用，回头我拿回去。"瘫在沙发里，观看录播足球比赛的国枝不耐烦地说道。

"不过你上次就是连招呼都不打就过来了。"

"看到你的车停在停车场，就知道你在家了。"

"但是，不打招呼就……"

"够了，你烦不烦啊？"

国枝放大电视机的音量。他看的似乎是欧洲那边的比赛，震天响的欢呼声让佳代抱紧身体。

国枝的父母在自家土地上建有一栋公寓，他们就住在这座公寓里面。

佳代把他们要吃的年轮蛋糕切好分到碟子上，这时国枝问道："今天你待到几点？"本应该有其他表达的方式，但是他却毫不在意。

"明天一早还得上班，我准备八点回去，怎么了？"

"没什么。就是知道时间后，好做接下来的安排。"

佳代端来年轮蛋糕和红茶，紧盯着比赛的国枝狼吞虎咽地吃起蛋糕。不仅是好友真麻那样说过，其实佳代也无法感受到国枝对自己的关心。然而她并没有为此感到难过，在交往过一段时间后，佳代提出了分手，国枝则在那个时候一本正经地问道："为何？"

"因为……国枝你其实并不喜欢我吧？"

她并不是想听"我喜欢你的一切"这样的甜言蜜语，而是单纯地有这种感觉。结果国枝再次问道："为什么会觉得我不喜欢你？"

佳代一时之间竟不知该如何回答。国枝也完全摸不着头脑。这甚至不禁让人怀疑，男女之间的交往似乎并不需要"喜欢"这种情感。

自从有了佳代这样的恋人后，住在隔壁的父母便不再唠叨他的个人问题，这似乎令国枝轻松不少。而佳代这边，也因为有男朋友这件事，令她在单位以及与朋友的相处中更加自在。

结果这一天，佳代在七点半左右就离开了国枝家的公寓。她坐上前阵子在追尾事故后修好的车，刚上夜路就想道："啊，最后我两边都没有说出那件事。"在单位接受警察调查以及在暴雨中和那名刑警的车发生碰撞的事。她本想将这两件事全都讲给真麻听，并且也会大大方方地告诉国枝。

佳代对大雨倾盆的那天，也就是自己待在车内等待拖车前来的那段经历几乎毫无记忆。"要等对方来电，所以还要等一会儿""雨势过大，也不知道能否迅速安排拖车过来"——如果换作平常的佳代，每当不耐烦的刑警开口，她一定会条件反射地说出"对不起"。可不知为何，那个时候的她，喉咙干到发疼，根本发不出声音。

由于无论说什么佳代都不发一语，刑警自然而然地暴躁起来。可即便如此，她依旧是一言不发。那并非是出于紧张而产生的感觉，也不是因为撞到他人的汽车所生成的歉意，当然更不是对刑警一见钟情产生出的爱恋。

如果非要形容的话，其实就是全身湿透的自己被扒了个精光，然后被迫坐下的那种羞耻感。

在护士办公室的桌子上用过稍微有些晚的午饭后，佳代来到洗脸间刷牙，同样是在刷牙的领班服部说道："佳代，你午休还有时间吗？我给你做个针灸吧。"

"真的吗？这两天肩膀真是疼到不行。"佳代很直接地接受了。

服部原先是针灸师，从以前开始就会利用休息中的空闲时间给佳代这些工作人员们做针灸治疗。

两个人刷完牙后，前往平日用来休息的房间。穿过一楼走廊的尽头然后左转，有一处可以休息的地方。这里是个将走廊切断，看上去有些不完整的空间。由于见不到秀丽的风景，所以住户们并不喜欢这里，但对佳代这些工作人员而言，则是个相当舒适的休息场所。

服部跟以前一样，用娴熟的技艺按摩着佳代的肩膀，然后掀开她的制服衬衫，将她的肩膀露出。

佳代早已习惯这样的手法，随即摆出轻松的姿势坐在长椅上。

服部所使用的针灸，并不是那种连外行都能轻松使用的贴布针灸，而是一种叫作"艾灸"的古老技法。将切成米粒大小的艾草放到穴位上点火加热，坚持到难以忍受的程度才将其熄灭。和简便的针灸相比，这种方式自然有烧伤的风险，但对于疲劳以及酸痛有奇效。

"佳代，你这里好硬啊。"

粘上几个米粒大小的艾草后，服部用力按压佳代的脖子右侧。

"最近没怎么去按摩，我都是洗澡的时候自己按。"

"这种事，自己是做不到的。"

服部一边说着，一边放置艾灸，就在用线香点火的时候，佳代突然感到有视线扫来，于是她抬起头，只见那个叫作滨中的刑警不知在干些什么，竟然拿着便当站在一旁。

"不好意思。"

刑警似乎也有些吃惊，转身就要离开。

"啊，要吃饭的话，就请在这里吃吧。"服部喊住对方，并问道，"咨询室今天有人来参观，所以被赶出来了吧？"

佳代从一班的同事们那里得知，这名刑警从今天上午就待在咨询室里不出来。而且她们还抱怨道："反复询问相同的问题，真是烦死了。"

"那我就借用这里了。"

刑警坐到对面的长椅上，吃起幕之内便当[1]。

逐渐发烫的艾灸令佳代的表情扭曲。注意到此事的服部，迅速用手指将其弹开，佳代则不好意思地流着汗。

1　幕之内便当诞生于江户后期，是日本便当的一种，因为当年戏曲演员常于舞台幕间食用而得名。——译者注

"啊，对了。艾灸的臭味会让人变得没有食欲。"

服部有些担心地说道，面无表情的刑警则小声说："没有。"

三天前，佳代接到保险公司负责人的联络，说所有流程都弄完了。刑警汽车的修理费以及临时车的使用费，所有费用都由网络保险的特殊条款进行补偿，剩下的就是刑警看病的费用，不过刑警的身体并无大碍，所以这部分的问题也得以解决。

转天，佳代拜托负责人告诉自己那位刑警的联系方式。出于对个人隐私的保护，相关手续有些烦琐，不过好在刑警同意让负责人将电话号码转达给佳代，于是她便火速打去电话。虽然通话简短，但总算能跟对方就这次的事故直接道歉。

埋头吃便当的刑警，完全没有看向佳代。

"上次的事真的非常抱歉。"佳代大胆地说道。

"没事，已经过去了。"刑警微微抬起头，简短答道。

二人的对话令服部一头雾水，刑警则首先开口解释道："之前稍微有点事……"

佳代也在一旁附和着："对，之前有点事……"

服部似乎误以为是先前询问过程中发生了什么不愉快，便插嘴说道："我不也是第一次接受警察问话嘛。"

"那个，有效果吗？"刑警突然转换话题。

"艾灸吗？"服部反问道，刑警则伸出手，小心翼翼地拿起艾灸盒子。

"不知是不是肩膀僵硬的问题，我头疼得厉害。严重时甚至会吃止痛药。"

刑警一边说着，一边将吃完的便当盒装进塑料袋里。在喝完瓶装茶后，他笔直地看向佳代问道："果然，很烫吗？"

佳代慌忙遮住方才被艾灸烧过的肩膀。

"止痛药没什么用的。效果会变差，还会胃伤。"一旁搭话的服部丝毫没有迟疑地移动到刑警身边，"能稍微让我看一下吗？我以前是针灸师。"还没等对方同意，服部就揉起刑警的肩膀。刑警并没有特意闪躲，任由服部揉捏。

"真的好硬。这里，稍微按一下就疼吧？"

实际上应该很疼，但刑警只是面部扭曲，并没有说话。

"在这里放一个艾灸就能舒服一点，不过你有时间吗？"

听到这句话的刑警，似乎也对艾灸有了兴趣。

"时间倒是有……"他在说这句话的同时，看了一下手表，"那就帮我弄一下吧，五到十分钟即可。"

服部正要下手，却突然停了下来。

"我得先处理佳代这边，就差最后一步了。"说罢，她便走回另一边的长椅旁。

"我下次弄就好了。"佳代慌忙拒绝道。

"都到这一步了，最后没弄好的话我可是会介意的。"服部不容分说地将佳代的衣领掀开。

刑警的表情没有丝毫变化，就这样看着佳代此刻的样子。

"像佳代这种已经习惯的人，用小点的艾灸即可。小一点的更有效。不过刑警先生应该是头一次用艾灸，就用大点的帮你弄吧。大点的效果会慢些。如果你真想治好，最好还是找人给你扎一下。"

被完全控制的佳代，一直低着头。服部的手指按在她的皮肤上，在找到穴位后，放上艾灸接着点火。虽然不知道刑警在看自己的哪里，但佳代能感受到对方的视线。

"烫吗？"

听到刑警的询问，她再次不好意思地流起汗。

"热是热，瞬间就过去了。"服部回答道，"好了，结束了。"她迅速将佳代肩上没有燃尽的艾灸弹开。

服部来到刑警那边的长椅旁，开始帮他治疗。刑警解开半袖衬衫胸口的扣子，露出肩膀。或许是烧伤的痕迹吧，他的肩膀处有小水泡。服部把艾灸放在他的肩膀上，然后用线香点燃。

佳代突然回过神，那名刑警正直勾勾地看着正要站起来的自己。应该是感到烫了吧，他的脸痛苦地扭动着。

○

位于湖畔县道一侧的连锁乌冬店，中午时分可谓相当混乱。吧台座位上，满是卡车司机以及附近工厂的男性工人，这让本就狭窄的座椅间隔显得更加拥挤。如果从窗外能看到琵琶湖还罢了，马路对面偏偏有一栋因倒闭而残留下来的婚礼会馆的废墟。

圭介弯着后背吸食着乌冬面，一旁正在大快朵颐吃着炸虾的伊佐美前辈，踹了圭介一脚。

"吃东西时别出声。"

"不好意思。"

圭介把脸从碗旁移开。

"你老婆就没说过你吗？"

坐在隔壁的男人注意到二人的谈话后，假意去拿七味粉，然后稍微与圭介保持起距离。伊佐美也开始吸食起乌冬面，圭介则尽量不发出声音。

"不能因为对方是女人，你就礼貌问话，这样是不行的。"伊佐美小声地发着牢骚。

枫叶园事件的调查遇到了瓶颈。简单来说，养老院的员工们都说是呼吸器出现故障，而制造商P社则主张机器没有故障的迹象。

有一边说了谎，有一边说了实话。

可不知为何，有那么一瞬间，圭介觉得两边都在说谎。不，当然不会有这种可能性。没有真相就不存在谎言，反之亦然。

"你要冷酷无情些。"

伊佐美用压制着急躁心情的力道，用肘部撞击圭介侧腹。圭介顿时咬紧后槽牙。

离开餐馆，在向停车场走去时，华子打来了电话。

"不好意思，老婆打来的。"

伊佐美迅速坐到副驾驶上。虽然现在并不是可以接听私人电话的时候，但他无法阻止圭介接听即将临盆的妻子所打来的电话。

"喂。"圭介迅速开口道。

"啊，抱歉。我本想给你留言的……"

"怎么了？"

"就是……我知道可能有点勉为其难，不过今晚大家要吃手卷寿司，如果能早点回来的话要一起吃吗？"

预产期将至的华子，现在住在娘家。

"没法回去。"圭介简单答道。挂断电话后他回到驾驶座上，道歉道："不好意思。"

"说完了？"

圭介对把牙签扔到窗外的伊佐美点头说道："是的。"

这天晚上，圭介不到八点便回家了，如果现在去的话应该能赶上华子娘家制作的手卷寿司，但他还是回到漆黑的自家公寓里，打开灯，将顺道从超市买回来的鸡肉南蛮便当扔到餐桌上。

先去冲个热水澡，洗尽身上的汗渍。

圭介粗鲁地洗着头发，在用硬邦邦的海绵擦拭身体时，他的脑海里浮现出刚才发生在审讯室里的情景——伊佐美推搡着圭介的肩膀，愤怒地踢着桌子怒吼道："你的那些狗屁问题，这让松本女士怎么回答啊？"

事发当晚负责值班的看护师松本郁子，被这声音吓到抱紧身体，就连手也不寻常地颤抖起来。

"听好了，给我去重新问一次！"

伊佐美用厚重的笔记本敲打圭介的头部，松本再次抱紧身体。

"松本女士，再问您一遍。您有没有听到警报声？"

听到圭介的问题，松本摇动着垂下的脑袋。

"在休息室里睡觉的护士，却说了类似的话。"

"类似的话？"松本用颤抖的声音反问道。

"我刚才不是说过了吗？"

"有人听到了警报声？"

"欸？松本女士也听过？听谁说的？"

"什么？"

"不是你说的吗？说有人听到了警报声。"

"没……没有。我没说。我没有听到警报声。"

因为要想推翻P社的证词相当困难，所以警方对养老院员工们的调查愈发严格。P社有专门的律师负责此次事故，他们提出呼吸器并没有出现故障的证词，像圭介这样的外行自不必说，就连警方这边的专家也找不出破绽。

专家说："不是总说波音飞机的四个引擎不会同时出现故障吗？

如果非要说这次的呼吸器出现故障的话，那么它和飞机引擎出现故障的概率是一样的。"而这个概率似乎是十亿分之一。

也就是说，机器没有出现故障。这样一来，问题就出在人身上了。必定是养老院的工作人员犯下了什么过失。

圭介走出浴室，从冰箱里取出麦茶时注意到了雨声。他把浴巾围在腰间，然后打开纱窗，夜晚潮湿的空气笼罩在他湿漉漉的皮肤上。

他继续开着窗户，然后吃起用微波炉加热过的鸡肉南蛮便当。圭介故意发出声音吃饭。就在用餐期间，不知为何他总是在想着那个女人。在倾盆大雨中，站在汽车一旁的那张淋湿了的脸，以及被艾灸烫到面容扭曲的那张脸，她的面孔在圭介脑海中出现后又消失了。把吃完的便当扔进垃圾桶后，丰介拿起车钥匙不禁发出苦笑："不可能去的。"即便如此，他还是穿上拖鞋走出了玄关。

上车发动引擎时，圭介认为自己会去超市。但他的脑海里浮现出的是事故发生后，为了以防万一，在来到女方住处时所见到的那美丽的川端风景。

圭介打算驱车前往便利店，他想买威化饼干以及明早吃的三明治。但汽车一下子就驶过了便利店。

"还是去了。"圭介在心中嘲笑着自己。

女人的脸再次浮现出来，还有那在开始进行艾灸时就一直盯着圭介的眼睛，以及刚四目相对就逃跑的身影。

汽车从视野不错的外环路朝琵琶湖方向右拐。途中路灯慢慢减少。那女人居住的地方，有着奇怪的街区。一方面保留着自古以来的田间小道，一方面又胡乱扩张并延伸街道。

穿过漆黑的初中操场，汽车驶至村落。圭介其实并不清楚这带的路况，只不过这里属于他的管理范围内，所以也不是完全一无所知。笔直延伸的水渠反射着月光。圭介在黑夜中缓慢行驶。道路尽头有座名曰"临济寺"的小寺庙，附近还建有公民馆。他将车停在公民馆前面。在熄灭引擎的时候，水渠的水流声以及吵闹的蛙鸣声随之传了过来。而且在不经意间，雨还停了。

女人的家就在眼前。昏暗的夜晚看不清门牌上的字，但建在水渠上方的短桥的另一边，停靠着那辆白色轻型车。

圭介走下车，虽然不是用力关门，但车门发出的响声回荡在静寂的村落中。村落各家都还亮着灯，却感受不到生气。只有水渠中的水在发出声响。

女人的家只有二楼的一处房间还亮着灯。荧光灯的光亮配上粉色花哨窗帘，显得相当刺眼。

圭介拾起脚下的石子。

那不一定就是女人所在的房间——虽然他清楚这一点，但还是认为那就是对方的房间。

圭介扔出石子。

由于没有收劲儿，石子没有击中玻璃窗而是落在前方不远处的屋顶上。不过还是发出了声响。

圭介再次捡起一块石子。这回他直接扔了出去，正好命中玻璃窗。他躲到电线杆的后面，可等了许久，窗户那边都没有反应。

就在圭介捡起第三颗石子的时候，窗边出现了女人的身影。由于太过突然，他甚至来不及躲起来。

黑暗中无法看清女人的脸，不过她一定正在看向这里。对方一定能清楚地看到被路灯照亮的圭介。圭介则将捡起来的第三块石子朝女人方向扔去。

石子划出漂亮的轨迹，击中了玻璃。伴随着嘎啦嘎啦的声响，石子滚到屋脊。

这段时间里，窗户那头的女人一动不动。

窗边女人的身影消失了，一楼立刻亮了起来，但很快又没有了动静。一只独眼猫偷偷注视着圭介，并走到水渠上方的短桥上。

这时玄关外侧的灯亮了。有着毛玻璃的玄关门的另一面，出现女人的身影。那种感觉就好似刚才的那只猫幻化成这个女人一样。女人缓慢地打开玄关门，并探出瘦小的脸庞。

圭介一动不动地站在那里。

两人之间的水渠发出水流声。路灯照射着水面，青绿的水草在水中摇曳。

女人走出门外，看上去相当震惊。或许是因为这个缘故，她光着脚穿着的女性拖鞋，看上去就跟童鞋一般娇小。

圭介一直盯着女人。女人抬起头，眉毛微动，战战兢兢地问道："有什么事吗？"

也不知双方就这样对视了多久。

"……快说。"

"什么？"

"快说。你想见我。"

圭介从未想过这句话，这是他很自然就脱口而出的。女人的表情没有发生任何变化，只有水渠的流水声变得愈发响亮。

"快说。"圭介重复道。语气变得比刚才更加粗暴。

女人明知道他在说什么，但却假装什么都不知道。与之相反的人是圭介。他其实并不知道自己在说什么，但却装作什么都知道。

就在圭介打算走过水渠短桥的时候，女人向后退去。即便如此他还是走了过来。圭介站在女人面前，闻到了肥皂的香味。

"等一下，请不要这样……"女人小声说道。

圭介并不理会，开始用手指触摸她的嘴唇。与其说是在触摸，不如说是在用手指内侧按压。

女人想要逃，但圭介一把抓住对方的脖颈。

"快说。"

"所以，要说……什么啊……"

圭介的手指下，女人的嘴唇在颤抖。被压瘪的嘴唇显得楚楚可怜。

不知何时，女人一只脚上的拖鞋掉了。她赤裸着一只脚站在原地，圭介再次闻到肥皂的香味。

"快说你想见我。"

圭介咬紧牙关说出这句话，女人则像是要回答些什么似的。

就在此刻，圭介口袋里的手机响了。响亮的铃声令人难以忽视，只见是岳母打来的电话。

身体燥热无比，只有大脑尚且冷静。应该是华子出了什么事，圭介当着女人的面接起了电话。

"圭介吗？不好意思。是在工作吗？"

"没事。"

"阿华突然阵痛，现在她爸已经开车把她送去医院了……圭介，你没办法赶来吧？你在工作中，用不着那么着急……"

圭介一边听着不算太着急的岳母说话，一边看着眼前的女人。女人蹲下身子，捡起掉落的拖鞋。

"我立刻赶过去。"圭介俯视着女人说道。

"真的吗？阿华也会感到安心的。不过她本人说没关系的。阿华，你要和圭介说两句吗？不用吗？不好意思，圭介，阿华说就不跟你通话了。"

电话里只能听到岳母慌乱的声音。

面前的女人不知为何并没有穿上拖鞋，而是拿在手上径直走回家中。那双踩在被雨淋湿的地面上的脚，白得令人挪不开视线。

圭介一边听着岳母的声音，一边目视着女人的背影。

"我们在医院等你。"

女人在圭介通话结束的同时，锁上了房门。

○

忍住哈欠走进编辑部的池田立哉，也不知道对谁喊了声"早上好"。他突然注意到，然后扭头望向走廊，果然感觉比平常更昏暗。也是没办法的事，这家创业百年的老字号周刊社早已老化，前不久，旧馆的楼梯还被用来拍摄过恐怖电影，当时为了渲染氛围，导演还特意强调"保持原状即可"，此事从而成了业界笑谈。

走到办公桌，就在池田准备一边吃三明治一边查看邮件的时候，放在身后的电视机传来声音。他扭过头，多日未公开露面的女性执政党议员久违地出现在镜头前。

这名执政党议员在某杂志的访谈中，将LGBT群体称为没有生育能力的人。此番言论引起轩然大波，然而随着反对声势的扩大，也出现了不少支持她言论的声音。

池田用纸巾擦了擦沾有蛋黄酱的手指，随即用马克笔在便签上写下"没有生育能力的人"。

实际上，自己亲手写出来的文字，有时能清楚地看清这个词的本质。这是池田刚进这家周刊社时，负责指导他的前辈所教的一句话。

他盯了许久，脑海中浮现出一些模糊的影像。不过这些影像里出现的人，乍一看，像是死人又像是活人，仔细一看，好像是被囚禁在某处的人。

"药物伤害事件那边如何了？有进展吗？"

突如其来的声音让池田抬起头。负责此案件的组长小林杏奈站在他身边，并用校样敲打着桌子。

"没有，彻底碰壁了。"池田如实回答。

杂志想在宫森勋就任下届日本医师协会会长的节骨眼上，曝光他过去的丑闻。所谓的丑闻，自然就是现在的"阿拉莫斯"，也就是曾经的"MMO"制药厂在九十年代引起的药物伤害事件。

"由于早已和解，原先的被害人们全都闭口不谈。"池田叹息道。

"话说回来，那起轰动全国的案子明明如此清晰，最终却没有受到起诉，从某种意义上讲，一定有着什么猫腻。"小林再次用手上的校样敲打着桌子。

"这是从哪里获取的情报？"

"不知道，要是知道的话早就行动了。总之，考虑到宫森即将就职，这个时候推出报道是一个不错的时机。你可以去问一下这个人吗？或许能获取当时的情报。"

递过来的便签上写着"河井勇人 西湖署退休刑警"，上面还写有电话号码。

小林给完便签后就离开了。

池田的手机里，小林的名字备注为"小林杏杏"。当时本想输入杏奈的，但在输入"杏"的时候，不知为何出现了"杏杏"，结果就这样确认了。池田当然可以立即修正，但当时乘坐的出租车正好抵达目的地，致使入社三年来他就一直用着这个备注。

他立刻拨打便签上的电话号码，这回反倒是渡边主编说了句："西湖署？"池田回头望去，渡边主编不知何时出现在了身后，"西湖署是负责药物伤害事件的警署吗？"

"是的。"

"你又要去滋贺吗？"

"大概会去吧。"

正准备离开的渡边突然止住脚步说道："啊，对了。之前那个是医疗事故还是呼吸器故障的案件，要坚持调查吗？"他的问话犹如自问自答一般。

"现在还没有特别的进展，况且无论结果如何，也不会有什么反响。还有，之前不是还说不采用这个事件了吗？"

听到池田这样回答，渡边迅速说道："啊，对啊。"并就此作罢。

"再调查一下也不是不行，反正都是在琵琶湖周围。"

渡边的背影已经移动到文件柜的另一边，也不晓得他有没有听到。

那名西湖署退休警察所指定的地方，据说是这一带正在发展连锁店的"近江杂烩"的郊外店。

池田开着从京都租来的汽车来到这里。一走进店里，便闻到美味的海鲜高汤的香气，然而在来这里的路上，他才在同样是连锁餐饮的乌冬店里吃过大碗的咖喱乌冬，因此现在的他并没有食欲。

池田环视店内四周，在能看到宽敞停车场的座位上，一名吃着杂烩面的男人与他四目相对。男人散发出老练的刑警气场，这与他曾接触过的那些退休刑警同出一辙。池田走到对方面前，那人在吃面的同时，用尖锐的眼神看向他。

池田进行完自我介绍后坐了下来。为了不引人注意，他向店员点了同样的杂烩面。

"不仅仅是人，有时就连组织也会受到心理创伤的折磨。人尚且能去医院治疗，但并没有医院可以替组织治疗。"

店员刚一离开桌子，河井就突然开口说道。

"啊？"池田不明所以。

"由于你是曾经关照过我的人介绍过来的，所以当时发生的事我会把知道的全部告诉你，只不过那些并不是什么稀罕事。是所有地方都会发生的事。"

河井用筷子从满是蔬菜的碗中夹出粗大的面条，大口吸入嘴中。看上去很烫的汤汁溅在桌子上。河井接下来所说的话，就像他本人说的那样，是仿佛在哪里听过的没什么稀罕的内容。但正是这些内容，让池田感受到了超乎想象的痛苦。

当时身为辖区警署的西湖署，举全署之力拼命调查此案。那是一场背负起被害人们愤怒的正义搜查。事实上，警方确实掌握了充足的证据，可以将MMO制药公司与宫森勋医生进行立案。然而，警方突然受到了来自某方施加的压力，阻碍了搜查进度。

对警方施压的是与MMO关系密切的政治家西木田一郎。当然了，这个人的名字并没有出现在那张照片上，如今继承西木田一郎势力范围的是他的长子西木田孝臣，此人在执政党内部有着巨大影响力。

"当时我也是血气方刚。虽然负责的部门不同，但当时警署内部的情况我至今还记得。不，其实压根儿也忘不掉……负责药物伤害事件的刑警们，全都因为立案被禁止放声大哭。他们一定很不甘心。都是成年人的他们丝毫不顾及他人眼光，发泄着自己的情绪。"

不知为何，池田的耳中也能清楚地听到那些丝毫不顾及他人眼光的男人们的哭声。

手边的杂烩面已经冷掉，河井将不知是喝了第几杯的水一饮而尽。

"没有一个坏人会进入警察的队伍中。相反，只有那些无法原谅不法之徒、一腔正义感的人，才会跑来当警察。"河井口中喷溅出来的唾液，掉进只残留汤汁的碗里，"可就是有人捏碎了这一切……在那起事件发生后，我所在的警察署的氛围彻底变了。我刚才不是也说过吗？不仅仅是人，有时就连组织也会受到心理创伤的折磨。已经无可救药了，就跟人一样。人有的时候会因为心理创伤而犯罪吧？组织也是一样，有时会成为犯罪者。"或许是察觉到自己有些冲动，河井突然叹了口气，"不过我有言在先，过去这么久的事，就算现在再挖出来也无济于事。有些事一旦被抹除，就绝对不会重见天日。"

河井说到这里，想要掰断手中的一次性筷子。不过由于角度不对，筷子一直没有被折断。

池田瞬间怀疑，给编辑部提供情报的人，会不会就是河井？不，就算不是河井，也肯定是和西湖署有关的人。

〇

就在从远处传来怒吼声的瞬间，响起了请求支援的声音。

在护士办公室整理文件的佳代，先是被这不像人类发出的怒吼声吓得一激灵，接着在听到救援声后不禁发出小声的悲鸣。

"发生什么事了？"

从身旁站起来的领班服部脸色变得煞白。入住众多AD患者的养老院，确实很少会有太平日子，不过这次的动静似乎让服部感受到了异常之处。如同野兽般的怒吼声变得愈发响亮。

"桑原先生！请不要动！"

此时传来了熟悉的看护师的声音，佳代与服部迅速跑到走廊。

一名浑身是血的患者出现在走廊的深处。睡衣上沾有鲜血的男人，是二〇六号房间的桑原茂雄，虽然他患有AD但并不需要照料其日常生活。和年龄相比，他有着魁梧的体态，与其说他是人类不如说他更像是被猎人追捕的熊。

此时的桑原茂雄正用双手捂住鲜血直流的右耳。

一名身材矮小的男看护师突然从桑原的身后抱住了他。桑原再次从口中发出非人的怒吼声，他想甩开那名男性看护师。就在这时，赶过来的服部与其他工作人员，拼命按住桑原的手脚。

"他想用剪刀割下耳朵！"脸上沾有血渍，专门负责桑原的工作人员说道。

"桑原先生，请冷静点！请冷静点！"

虽然服部在大声安抚他，但桑原反倒变得更加凶暴。佳代此刻才注意到，自己竟然在不知不觉间抱住了对方的右脚，她本以为自己正在远处围观此事。

在因为骚动赶到这里的男员工与医生们的抑制下，桑原变得气喘吁吁。就像是搬运捕获到手的熊一般，男人们将桑原抬走。

佳代瘫软似的蹲在走廊上。一旁气喘吁吁的服部断断续续地下达指令："快去通知其他人冷静下来，跟他们说没什么大不了的。"

最近养老院里充斥着危险的气息。

这自然是因为市岛民男那件事，事件发生后养老院就不断收到要求院方公布真相的抗议来电，入住者家属们所施加的压力也与日俱增。仿佛是为了进一步突出这些外在压力，警方的调查也日益严苛。特别是负责市岛民男的一班员工，无论谁都能一眼看出她们日渐疲惫的样子。

这种疲惫不光出现在工作人员身上，也传染了入住者们。最近，原本相安无事的住户之间出现了小规模的纠纷与争执，给各班带来了诸多问题。

负责市岛的一班员工，连续数日被传唤到警署，讯问时间长达三个小时，有时甚至会达到五个小时，致使一名护士因劳累过度晕倒，为此院方在不得已的情况下，向警方提出抗议。

护士们自始至终没有更改过证词，全都主张没有听到过警报声，这种结果直接导致现在审讯的矛头指向当值的两名看护师，本间佐和子和松本郁子。

原本看护师是不参与医疗行为的。更何况注意到市岛民男有异样的时候是凌晨五点左右，此时已经有许多入住者睡醒，那天早上她们还得处理患有夜尿症的老人之类的事，两名看护师像平常一样离开护士办公室，巡视着各个房间，因此即便警报声响起，和在休息室休息的护士们相比，她们会注意到警报声的可能性要低得多。可即便如此，警方还是接连数日叫这两名看护师前去问话。

那天佳代在回家的路上，遇到了其中一名看护师松本郁子。在开车离开停车场时，她发现松本站在院内的公交车站，于是便提出开车送她前往她想去的湖畔购物中心。

"啊，帮大忙了。这个时间段公交车上全都是人，绝对没有座位。"坐在副驾驶上的松本顿时松了一口气。

"你平常都是开车，为何今天没有？"

"今天家里人要用汽车。啊，不过，真是帮我大忙了。"当松本喜笑颜开地坐进副驾驶的时候，平日里总是絮絮叨叨的她突然面色阴沉，当汽车驶至沿湖县道时，她擦拭起似乎是夺眶而出的泪水。"抱歉——突然泪流不止起来。"

佳代也不知道该说些什么好，于是问道："松本，你怎么了？"

"抱歉，抱歉抱歉。没什么，我真的是太累了。"

"工作吗？"

"不是，是警察的问话。"

"真像大家说的那样严苛吗？"

佳代脑海中瞬间浮现出滨中刑警的脸，但又立刻将其清除。

"明天早上还得前往警察署。我本来挺坚毅的，无论那些年轻刑警怎样询问我，我都不以为意。孩子他爸的语气可比他们凶多了。但是，他们说的尽是些气死人不偿命的话。比如'即便做着相似的工作，你们这些看护师与人家护士相比，无论是社会地位还是工资，都相差十万八千里。'还有什么'听护士们说，她们背地里完全把你们当成白痴。完全是把一堆废物聚集在了一起，她们可真是这样说的。'我明明知道这些都是骗人的，但一连好几个小时都在听这种话，实在是令人气愤。我明明是那样拼命地工作，凭什么要遭受如此过分的对待？养老院的那些老人们应该也是这样想的吧？无论说什么他们也不会听，但只要护士一开口，那帮人就会乖乖去吃药。"

松本一边不停说着"抱歉"，一边用力捏着手帕，似乎在强忍着不让泪水流下来。

佳代紧紧握住方向盘，她的脑海中总是忍不住浮现出滨中刑警的那张脸。

自那天晚上起，佳代每天都在避免想起他。无论是在上班路上、工作时、购物、洗澡、准备上床入睡时甚至是在梦中，只要稍微不留神，自己就会想起他的脸以及声音。只要一想到他，佳代就会立即闭上眼睛。然后心想那些并非是现实发生过的事情。要是想起那天夜里发生过的那些事，一定会给自己招来麻烦。她在让自己忘记。那些不是真实发生过的事。

松本在湖畔购物中心入口处下车时，稍微冷静了点。她对一直倾听的佳代致谢，笑着说了句"看来今晚只能吃些副食了"后，便朝明亮的购物中心走去。

刚与松本道别，佳代这才突然想起，她在家还得照顾自己的公公。

从湖畔购物中心回去的路上，佳代顺道前往父亲与静江同居的那个家。

最近，丰田家的墓地所在的区域要进行地籍调查，佳代要把相关资料交到正和手上。静江邀请她一同吃晚饭，但佳代还是拒绝了。于是静江便将装有关东煮的饭盒交给佳代，让她带回家去吃。

晚上，佳代用过晚餐后，看了一会儿电视。她笑着看完搞笑艺人的脱口秀节目，又开始对接下来播放的解谜游戏的答案感到吃惊，她本想就这样开心下去，但突然想到明天有早班，于是便慌张地跑去洗澡。可就在这时，她已经想不起来自己为什么发笑，也不记得自己在对怎样的解谜答案感到吃惊。

洗完澡后，她一边让身体散热一边在二楼的房间里涂抹最近很中意的精油。甜甜的香气弥漫在整间屋子，接着睡意便涌上大脑。

就在这时，窗户发出"咣当"一声。

反射在小梳妆台镜子里的脸，突然抽搐一下。但佳代却一动不动。

过了一段时间，再次响起"咣当"一声。

和那天晚上一样。那天晚上，佳代没有特意警觉，直接望向窗外，于是看到了站在路灯下的刑警。她立刻想起了倾盆大雨中，在狭小的车内所经历过的那种感觉。那时的佳代紧张到汗流不止，汗水和车内潮湿的空气混合在一起，二人的体温将车窗熏出白雾。

接着又是"咣当"一声。

那天晚上，见到站在路灯下的刑警，佳代的直觉告诉自己不要下去，不能和对方扯上关系。可就在这样想的瞬间，她又觉得对方会不会是过来询问关于案件的事。想到这里，她顿时放下了心。这样自己就能下楼去见对方了。

那天夜里，在刑警的汽车离开后，佳代的身体剧烈颤抖着。她一动不动地站在昏暗的玄关，听着刑警通完电话后返回车里开车离开的动静。声音完全消失后，她不知为何并没有开灯而是直接朝厨房走去，相当口渴的佳代喝着石瓮中的水，此时在她的耳边依旧残存着刑警那句"快说你想见我"的声音。就在她想再喝一杯石瓮中的水的时候，膝盖颤抖到令她无法站立，她直接蹲在了地上。抖动的身躯令老旧的地板发出响声。

那个刑警对自己做了什么？

她越想越害怕，于是从那时起，佳代就决定不再去想这些事。

佳代再次凝视着镜子中的自己。此时，她才重新记起让自己发笑的段子以及解谜答案。

窗户再次发出"咣当"的响声。

佳代在心中默念：绝对不能过去。心里虽然这样说着，身体却不自觉地站了起来。她把手伸向彻底拉上的窗帘，透过拉开的缝隙看向外面。可路灯下并没有刑警的身影，柏油马路上出现了橘红色的光圈。

佳代不禁寻找起刑警的身影，她望向水渠沿路的小巷。这时窗户不知被什么东西敲响。原来是黑色的臭大姐在外敲打，臭大姐沿着窗栏爬了一会儿，然后不知飞向何处。佳代用力将唾液咽下。

转天，就在佳代帮助住户吃完午饭，总算轮到自己吃饭的时候，枫叶园接到了松本郁子遭遇车祸的消息。

"佳代，一班的松本遭遇了车祸！"

万分焦急的服部冲进更衣室说道。正在换衣服准备去便利店买东西的佳代目瞪口呆，压根儿就没有反应过来。服部说完这话后，就冲向一楼的护士办公室。佳代二话不说也跟了上去。她脑海里浮现出松本在湖畔购物中心下车时，笑着说"看来今晚只能吃些副食了"的神情。

不少关心松本的工作人员还有入住者们都聚集在护士办公室。正在接听不知从哪里打来电话的事务员将对话的内容大声说出来，好让众人听到。

"刚出西湖警察署就发生车祸了吗？嗯。啊。我知道了。是前往车站的路上，有家庭餐厅的那个大十字路口吗？松本闯红灯？汽车撞向了一旁的货车？"

在场的众人在听到事务员的这番话后，都发出了沉重的唏嘘声。佳代不禁抓住一旁服部的胳膊。

"松本送去医院了吧？西湖中央医院？嗯，我知道。有联系她的家人吗？松本怎么样了？嗯，我知道你们也不清楚详细情况，但应该还是多少知道些吧？"

所有人都在用祈祷般的目光迫切地看向事务员。

"车祸后还有意识吗？现在在重症监护室？那我们也得派人过去才行。"

这时，一名入住者喊道："快看啊。"办公室对面的休闲娱乐室里，本地电视台正报道着松本遭遇车祸的快报。众人一同来到电视机面前。画面上，松本的那辆红色轻型车撞进了大货车的里面，整辆车全毁。就目前的状况来看，松本不可能平安无事。和大货车相比，松本的汽车简直弱不禁风。

"明天早上还得前往警察署。"

佳代想起松本昨天说的这句话，她窝心的哭诉再次在耳边响起。

○

圭介探头看向孩子犹如黑珍珠般的眼睛。女儿诗躺在印有小熊维尼图案的铺盖上活动着柔软的四肢，并不时发出不像是单词的哇哇声。她的身体散发出无法用言语形容的甜美香气。

"是爸爸，爸、爸……爸爸。"

他直勾勾地看着女儿，黑色的目光中没有丝毫阴霾。女儿眼睛的颜色，清澈到令人感到害怕。圭介仿佛从很久以前开始就似曾相识。

"圭介，吃完饭后，你又要回去工作吗？"

"是的。"厨房传来岳母的声音，圭介揉着女儿短小的手指回答道。

由于圭介经常不在家，出院后的华子依旧住在娘家。

"今晚大概率在警署过夜。"

圭介用鼻子蹭着诗的额头闻她的味道，他打消抱起女儿的念头，转身回到厨房。

"你没事吧？"就在圭介想喝杯咖啡的时候，从二楼走下来的华子问道。

"什么？"圭介有些纳闷儿。

"我也不太清楚，就是看到雅虎新闻社的报道。"

"哦。"圭介简短答道。

"我知道你不太想谈工作上的事，但网上说西湖署发生了不好的事。有个看护师在审讯完回去的路上发生了车祸，网上说是因为警方的调查太过苛刻，这案件是爸爸你负责的吗？"

突如其来的"爸爸"这个称谓，让圭介拿着马克杯的手停住了。自从诗出生后，他就称呼自己为"爸爸"，但华子却是头一次用"爸爸"称呼他。

"难不成，那不是爸爸负责的案子？"

听到华子再次发问，圭介撒谎说："不是的。"如果华子是像平常一样问"那不是圭介负责的案子吗"，他肯定会实话实说。

万幸，松本郁子保住一命。虽然她是在完全没有减速的情况下闯的红灯，但因为被撞上的货车在等待右拐，而小型轻型车的驾驶位置刚好撞进了货箱下方的空隙里。所以最后松本只是肋骨骨折以及有点被玻璃碎片造成的皮外伤。

报道一出，警署内部就火速行动起来。向高层说明以及决定好发新闻稿的时机后，便立即召开了记者会，由刑事部长向记者俱乐部的成员转达消息。事发当天对松本郁子的审讯是从上午九点半一直持续到十一点为止，时间是一个半小时，在那段时间里警方没有做出过任何违法的行为。

不过，枫叶园的其他工作人员则匿名出现在了傍晚的当地新闻节目中，此人在节目中表示警方在调查时制造出强迫她们说出虚假证词的氛围，这使得媒体与观众的批评声如海浪般涌来，警方决定于明天上午再次在西湖署召开记者会。

本来在这种情况下，负责本案的圭介是不能回家的，但不知为何，竹胁部长以半强制的口吻命令圭介和伊佐美："你们估计有一阵子要回不去了，今晚稍微回去看一眼家里人吧。"

"让咱们回家看家里人，换言之就是在说'听好了，如果不按上面说的去做，你们家人的生活就会跟着没有着落'，况且你才刚获得一个可爱的女儿。"离开警署时，伊佐美自嘲般说道。

今早对松本郁子的审讯确实比以往要苛刻。警方不仅已经想出了让松本坦白是自己单独作案这样的剧本，还按照这样的剧本反复诱导询问，至少在这个过程中，圭介都快要相信这套谎言了。

松本郁子或许也对此有所察觉，除非承认这套谎言，否则她休想走出这间审讯室。

"你对护士与看护师待遇悬殊这件事，积怨已久？"

"是的，我，松本郁子，即便做着同样的工作，院方也无法给予相同的肯定，因此才会对养老院抱有极强的怨念。"

"于是你抓住护士们同时休息的绝佳时机……"

"是的，我，松本郁子，在不知不觉间发泄了积攒多年的怨恨。"

"然后你实行了报复，故意停掉市岛民男的呼吸器，接下来待在原地，一旦警报声或者预备警报声响起就立即关掉，你在没有人发现的情况下彻底关掉了呼吸器？"

"是的，我，松本郁子，故意关掉了呼吸器。然后将此事推卸给总是把棘手工作扔给看护师、自己却躲清闲跑去睡觉的那帮护士们。然而错并不在我。有问题的是态度怠慢的护士，以及无论提出怎样的改善要求，都当作耳旁风的呼吸器提供方。"

这个剧本是伊佐美完成的，大纲则是由负责此案的检察官制定。毕竟P社不承认呼吸器出现故障，而养老院这边的工作人员又声称警报器没有响。

检察官和伊佐美认为，就是认为两边说的都是实话，才让案件变得复杂。如此一来，那就认定眼前的两边都不是诚实之人，都在撒谎就完事了。既然都是骗子，那就惩罚看上去比较弱小的一方吧。

从华子娘家回到警署后，部长找他们询问了调查情况。在和伊佐美统一口径般回答问题期间，圭介一直在憋尿。问话刚一结束，他就火速冲到厕所。坏了一个灯管的厕所看起来有些昏暗。

刚站在小便器前，伊佐美也走进厕所。由于两人一直待在一起，伊佐美早就看他心烦了，但还是凑近似的站在旁边的小便器前。

"辛苦了。"圭介说道。

"如今这个国家的民众，还有人会相信警方不会诱导审讯吗？"伊佐美拉开裤子拉链嗤笑道。

"部长他们虽然如此担心，但我觉得吧，如今的警察就算审讯稍微强势点，民众也不过是'啊，又来了'的态度。无论是媒体还是民众，只要过去一周，大伙就会全部遗忘。前些日子我带着太太去看的一部电影，里面的情节也是检方在制造冤假错案，虽然那些冤案被接二连三地曝光，但全都会被人接二连三地遗忘，民众应该会觉得这些都是不可避免的事吧。我认为，民众打心眼里是这样想的：无论是不当搜查还是冤假错案，这些都是无所谓的。只要有些许嫌疑，就把这些人统统关进监狱里。"

圭介离开小便器。然而伊佐美的声音跟了过来："就连你也是这样认为的？"

"啊……对。"

"对是什么意思啊？"

"不好意思。"

"举个例子吧。"

上完厕所的伊佐美，面朝圭介拉上拉链。

"一个有可能杀人的家伙，还有一个通过严刑拷打令其招供的刑警，在如今这个时代，所有人都会站在咱们警方这边吧？"

圭介站在原地，等伊佐美洗完手。

"重点不是杀人犯，而是有可能杀人的这件事。稍微有一点嫌疑的话，那家伙的人生就算完了。听上去可能很吓人，但这个世上就是有各种各样的反常行为。"

洗了半天手的伊佐美，用手指弹出泡沫。

"总之，我想要说的就是，这个世界都成这个鬼样子了，就算像咱们这样的西湖署刑警干了什么坏事，又有谁会在乎呢？"

伊佐美用湿漉漉的手按在圭介肩上，然后走出厕所。圭介不清楚自己为什么还不离开，然后重新洗了一遍手。

伊佐美在结束完问话后，声音多少有些颤抖。松本郁子虽说很幸运地保住一命，但确实肋骨骨折，身受重伤。

"在今早的审讯中，你们有恐吓松本郁子吗？"

"不，我们没有。"

"在今早的审讯中，你们有过拍桌子、踹椅子、把文件扔到墙上等恐吓行为吗？"

"不，我们没有。"

"审讯的录像有刻意剪辑过吗？"

"完全没有。"

等松本郁子过段时间出院后，她会说出截然相反的证词。

圭介再次清洗着双手，这次他用了肥皂。

真相与谎言。就像检察官和伊佐美说的那样，将两边的话都认为是真话只会进退两难。谎言与谎言。没错，将双方都当作是在撒谎就行了。只要当作是在教训骗子，就不会受到良心的谴责。

转天，就连县警本部长都出席了记者会。和预料中的一样，媒体提出了相当严厉的质问，现场一片喧哗。本部科长冲着麦克风进行回答，他的话都是根据对圭介和伊佐美进行问话后，周密设计出来的内容——对于松本郁子惨遭车祸，我们警方由衷感到遗憾，但事故当天，本署警员的审讯行为，并不是造成此次车祸的主要原因。

记者询问起审讯的详细内容，但县警这边以目前尚在调查中为由，暂不回答这个问题。随后就在县警打算准时结束记者会的时候，会场响起记者们的怒吼声。这番场景则通过全国直播新闻以及综合电视节目播放了出去。

记者会结束的这三天里，圭介一直住在警署。一直到第四天傍晚，他才终于被允许暂时返回家中。

"今晚应该可以回家了。"圭介用短信通知华子。

"没事吧？"华子火速回复道。

"没事。"圭介则只回复了这句。

圭介和伊佐美被限制在警署内，名义上是在保护他们不被记者骚扰，实际上惩罚的味道要更浓一些。毕竟因为他们的缘故，害得县警本部长亲自上阵，并且低头道歉。不仅如此，此事闹得全国皆知，不能将此案束之高阁。最终还是那句老掉牙的话——要不惜一切代价抓住凶手。

圭介原本打算直接前往华子娘家，可就在驶至沿湖一侧的县道时，他紧握方向盘的手突然脱力，反射性地转动方向盘，将车开进了水闸旁延伸至湖岸方向的小路。

太阳已经落山，车灯照射着湖岸的芦苇滩。他把车停靠在岸边，就在打开车窗之际，潮湿的湖风吹进车内。圭介叹了口气，不知为何他竟然暴躁起来。就在他打算用手机看一段成人影片，发泄完自己的欲望后再回去的时候，他的脑海里浮现出那个女人的脸。其实被限制在警署的这三天里，他无时无刻不在想念那个女人。

"啊！"圭介嘀咕了一句，他的声音回响在车内。接着他把头探出窗外，冲着湖面愤怒地大吼了一声。他也不清楚自己在冲谁怒吼，但随着自己的吼叫声响彻湖面，他多少也平静了些。

此时他脑海里浮现出来的，是在此处转动方向盘的汽车即将前往的沿路风景，以及满是川端水渠的那个村落。不过，就算再用石子砸向女人家的窗户，对方也不会出来了。既然如此那就敲玄关的门。他能清楚地看到自己脚踩她家狭窄楼梯时的身影。那个女人一定在房间里。她会瘫软地坐在绿色地毯上，抬头凝视着自己。

那个女人绝对不会反抗。

"给我站起来。"

老旧的灯光下，能看到女人薄薄的肌肤，是那种能见到静脉的薄度。

圭介把车停靠在湖边后走了下来，脚边的芦苇随风摇曳。他没有丝毫犹豫，直接用手机拨打了女人的电话号码。漫长的呼叫声过后，进入到电话留言模式。圭介挂掉电话，立即重新拨打。和刚才的声音不同，电话里传来了五下呼叫声。但另一头并没有声音，脚下的芦苇再次随风摇曳。

"喂。"圭介开口道。

女人应该是听到了，但是并没有做出反应。

"我现在在湖边。"还没有等女人回应，他继续说道，"就是之前被你车追尾的附近。"

另一头传来某种摩擦声。

"不准挂。"圭介再次说道。

电话没有被挂掉。

"你知道那边有个水闸吗？我现在把车停在附近的湖边，我等你过来，就这样。"

圭介挂掉电话。

湖边距县道不算远，行驶过去的车尾灯犹如灯塔一般。说实话，他不认为女人能来。不过，在女人到来之前，她应该能轻松想象到圭介在湖岸等她的样子。

○

挂掉刑警打来的电话，无所事事的佳代来到厨房。闪了数下后才亮起的荧光灯，照亮了石瓮里的水。佳代取出在湖畔购物中心买回来的用来腌西式泡菜的玻璃瓶，并拿出蔬菜。她最近很喜欢这种法国老字号产的玻璃瓶。

她根据瓶子高度，将黄瓜、胡萝卜以及白萝卜切开，就好像没有接到刑警刚才打来的那通电话一样。

"我现在把车停在附近的湖边……我等你过来……"

他也不想想，这种无理的邀请，会有女性去赴约吗？

……傻子吗？

佳代放下菜刀。明日起就是久违的三连休，她已经在琵琶湖畔的度假酒店预约了一个晚上。这件事还被她记在厨房的日历上。

好友真麻告诉她，这家度假酒店附带美容体验的女性住宿套餐。有次她发现老公去大阪出差时去了夜总会，于是便向他索要酒店住宿券当作赔罪。这家度假酒店听说还有天然温泉。等明天上午把家打扫干净后，下午就前往酒店。她已将在外住宿一晚所需的化妆水分装成小份。

准备用来做成泡菜的蔬菜被切成长条，如小山般堆积在砧板上。佳代叹了口气，把胡萝卜、黄瓜、白萝卜，按照颜色分别装进玻璃瓶里。佳代此时才注意到，现在的自己特别安心。分明刚才还接到了暴力男打来的电话，现在却能如此心平气静。可能是色彩鲜艳的蔬菜令她产生了这种感觉。

她以前在湖畔购物中心的书店里，曾翻阅过一本启蒙类书籍，书中是这样写的：

具备领导者能力的人属于凤毛麟角。大多数人，都是通过服从而感到安心。人们期望在某种巨大存在的指示下生存下去。

阅读的时候佳代并不以为意，但不知为何，如今她又想起了这段内容。

佳代把蔬菜装入玻璃瓶后，倒进腌菜汁加以浸泡。她洗完手把瓶子放进冰箱，然后跑回二楼。她认为自己是绝对不会去找那名刑警的，但又觉得去不去这种事不是自己能决定的。这种感觉就像是有两个自己同时存在于这个房间。一个感到焦急，另一个感到害怕；一个在换衣服，另一个则坐着不动。突然间，那名刑警的声音传了过来。他只说了句："过来。"

佳代换好衣服走出房门，钻入汽车发动引擎。

你，果真要去吗？还是别去了。真要去吗？没事的，那人毕竟是刑警。没什么可怕的吧？还有，他应该已经走了。

嗯，也是。

刚驶过车站前的大道，来到湖畔的县道，车辆就顿时骤减。唯有松林另一边的宽阔湖水在夜幕中依旧保持着静止状态。当前方的轻型卡车右转驶离县道后，佳代见到了远处的水闸。一名男子坐在护栏上。没想到他会走出县道，佳代不禁加快车速。汽车从男人面前驶过。出现在车灯前的那张脸，毫无疑问就是那名刑警。

当快速转过大弯道时，男人和水闸从后视镜中消失了。佳代踩下刹车，把车停靠在路边。胸口跳动得发痛，本想咽下去的唾液卡在喉咙里。

没有其他汽车驶过。能够晃动的事物，只有湖面上摇曳的月光。

佳代把脚从刹车上移开。汽车缓慢前行，她猛打方向盘，将汽车掉头。车速犹如步行一般。车灯前方，还能看到坐在护栏上的那个男人。就在这时他站起身来，什么招呼都没打，像是在引导佳代的汽车一般，走到水闸旁的路上。

佳代只好跟上他的背影。轮胎在没有改造过的路面上颠簸个不停。每次晃动，男人被车灯照射的影子就会前伸。男人的背影就在眼前，强烈的车灯仿佛能照穿他似乎只穿了一件薄衬衫的背部。

男人的车面朝琵琶湖停靠着，车灯中的他站在原地。佳代慌忙踩住刹车。

男人回过头露出刺眼的神情，佳代关掉了车灯还有引擎。就在这个瞬间，男人的身影消失在黑暗之中。只剩下轮廓的男人，只是站在原地。他没有指示佳代下车，也没有坐上她的车。

佳代只是在等待。她等了很长时间。也不晓得是对方令自己焦急，还是自己让对方焦急，她感到一阵混乱。越是混乱她越是感到羞耻。

这时，男人慢慢朝他的汽车走去，佳代感受到被抛弃的恐惧，她不由自主地下了车。然而刚走出车外，她才意识到这里是黑暗中的琵琶湖。散发着的腐鱼臭味，高亢的虫鸣声以及芦苇滩吹来的晚风都让人感到一阵热意。

男人的车灯在这时亮了。这次换成自己的衣服被照得通白，犹如被撕破一般。突然，近光灯被打开，佳代感受到了对方的急迫，他似乎是想要说些什么，但佳代依旧保持着沉默。

佳代难以忍受这份紧张，逃避似的蹲在地上。除此之外，她无法再做任何事。脚下的枯叶发出清脆的声响。如今能听到的，只有芦苇随风摇曳的声音。

她就这样被搁置在灯光中不发一语，也不知过了多久，就在注意到车灯稍微晃动的佳代胆战心惊地抬起头时，土地的寒冷让她的身体也一片冰凉。

由于车灯刺眼，最初无法清楚看到。等慢慢习惯光照后，她看到驾驶座上的刑警正看着自己发泄欲望。极度羞耻的佳代想要逃离，但是却像瘫软一般无法行动。她用双手捂在通红的脸上。

过了一段时间后，传来汽车轮胎碾压枯树枝的声音。不用抬头也知道汽车发动了。汽车避开蹲在地上的佳代，稳步前行。犹如猛兽避开吃完的猎物残骸一般，缓慢地向别的方向移动。

在刑警的车驶出县道前，佳代都无法抬起头。一个人被扔在这里后，漆黑湖岸中的芦苇滩，可怕到令佳代全身颤抖。

第 *3* 章

YouTube 的短视频

从高层酒店的窗户向外望去，能一览整个琵琶湖。客房里飘散着刚沏好的红茶香味。虽然只是住一个晚上，但直至明天中午，住在酒店的这段时光对佳代而言是类似永恒的存在。

为了今天，佳代特意买来喜欢的茶叶，还特意带来了适合这款茶叶的皇家哥本哈根[1]马克杯。

虽然只是一个杯子，可由于没有使用酒店提供的，而是选择自己喜爱的，仅是如此就足以令人感到满足。

佳代将琵琶湖景色印在脑海里后，慢慢躺在铺满玫瑰花瓣的床上。

刚才佳代在美容室进行了很舒适的按摩，刚一躺下那种感觉又回来了。裹在厚实浴袍中的身体陷进柔软的床里。

闭上眼睛，感觉这张床犹如倒映在湖面上的蓝天，陷入其中的身体化作了倒映的白云。

1　又叫作皇家哥本哈根手绘名瓷。是由丹麦皇太后朱利安·玛丽于1775年在哥本哈根成立的品牌。其特点是：蓝色涂料，镶金边，和丹麦花卉图案。——译者注

今天在住进这家酒店后，佳代决定什么事都不去想。只要稍有松懈，她就会回想起各式各样的情景以及情绪。她强行将它们压制下来，将自己的身心全部交给温柔的按摩以及甜美的精油。

集中身体内的所有感觉，床单的触感如香气般沁入体内。在佳代的想象中，干净的床单可以无限拉扯。佳代抓起床单，拽到自己身边。不管如何拉拽，床单都会像湖中的波纹一样，无限扩散。

倒映着白云的湖面，突然化作芦苇滩。陷入床铺的感觉，变成了被夜晚露水浸湿的落叶。

闭上眼睛，眼皮里感受到车灯的炙热。

你到底想干什么？

佳代说出了昨晚对坐在驾驶座的刑警未能言明的话。

请说些什么吧。

我鼓起勇气，来到这里。可你……

哪怕一句话也好，说些……说什么都可以。请你说些什么吧。

只要你开口……做什么都可以。在这里……我，做什么都可以……

自己的恳求声越发高亢。可分明是自己的声音，佳代却从未听过。

她是真心在恳求，但听上去却像是撒谎。分明是在撒谎，但听上去却像出于本心。

她躺在床上，十楼的窗户外只能看到天空。天空慢慢被染成红色。

佳代抱着大枕头趴下，脑海里一边想着刑警那张在黑暗中看不清的脸，一边把右手伸进浴袍里。

在佳代的想象中，车门被打开，刑警走下车。缓慢落地的皮鞋踩着枯草，佳代不由自主地将目光从那双擦到令人生厌的皮鞋上移开。

刑警的影子，延伸至低着头的佳代前面。即便是影子，佳代都害怕它与自己的身体有所接触。

"你让我说些什么？"

刑警说完这句话，佳代没做任何回答。

无论对方在说什么，她都不想回答。

"你幸福吗？"

佳代不理解这话的意思。

"就像这样，在我面前一动不动……这里便是你的归宿。能让你在这个世上感受到最幸福的地方。"

精油按摩过的火热身体再次躁动起来。

佳代用力抱住大枕头，她闻起沾有自己味道的枕头。

佳代选择的精油，混合了富含多种矿物质的匈牙利温泉水。这种精油在皮肤上的延伸性好到惊人，独特的香气似乎是橘子与含羞草混合而成的。

也不知抱了多久枕头，佳代突然翻过身，窗外的晚霞甚是好看，缭绕的薄云被染成了淡桃色。

仰面朝天的佳代想稍微冲个澡，但是陷入床中的身体已经令她舒服到连一根手指都不想动了。

她没想到自己会在这个时候产生笑意。

鼻子深处发出"哼哼哼"的声音，这股动静从喉咙一直落到腹部，然后传遍全身。

"我是如此坚强的女人吗？"说完这句话，她笑到无法说话。

佳代再次抱住大枕头，这次换作用大腿用力夹住。

他一定认为我有些奇怪。否则，他不会做出那种事。

突然被喊过去——自己面朝琵琶湖的样子。

站在车灯下——坐在满是落叶地上的自己。

以及一边盯着这样的女人，一边在驾驶座上发泄自己欲望的男人。

佳代越想越觉得可笑，自己究竟在做些什么？而另一方面，在这个瞬间，她确切感受到的兴奋再度苏醒。

真是不可思议的感觉。

明明是对那个刑警百依百顺，但一切又都如自己所愿那般。突然把人叫去，但既不道歉又不温柔，最后就那样把人丢在一旁。

自己不应该没有任何选择权，可又觉得一切都是自己的选择。

不过经这么一想，身体迅速冷了下来。佳代慌忙改变了想法。

自己并没有被那个人强迫，那个人没有强迫自己做任何事。

自己是主动过去的，自己是主动蹲在那个人的面前。

佳代慢慢从床上坐起来，强行扭动着脖子，麻痹感顺着背部肌肉传递到腰部。

窗外，傍晚时分的天空下，湖面上出现了另一副面孔。染成红色的湖面，让佳代屏住呼吸。

○

寻找水源的小鸟扇动翅膀击打着湖面，形成的波纹向四周扩散。朝阳从对岸的群山缓缓升起，榛树和河柳像是刚睡醒般摇曳着枝叶。清晨的琵琶湖万籁俱寂，唯见朝霞的颜色。

身穿尼龙钓鱼裤的圭介，手握鱼竿，缓慢踏入芦苇滩。清晨湖水的寒意，透过尼龙布料传递到体内。湖岸的树木全都被染上朝霞的颜色，其中有些树的叶子完全凋落，变成光秃秃的树干。

松本郁子发生车祸后引发了一连串骚动，而这场骚动持续了三个星期。圭介迎来了时隔一个月之久的休假。今晨不到五点，他就被女儿诗的哭声吵醒，于是干脆出门来这里钓鱼。

"你可以再睡一会儿。"华子一边哄着诗让她入睡，一边用困倦的语气说道。

圭介穿过芦苇滩，站稳双脚后大幅度挥动鱼竿。渔线在湖面上发出悦耳的声音。朝雾漫漫消散，圭介把注意力集中在渔线的动静上。他和往常一样，在放空大脑的状态下注视着渔线。全世界只剩下这座湖，而这座湖里只剩下自己。如此幼稚的想法，令他感受到全身颤抖般的充实感。

"没踩刹车就往十字路口冲，听上去简直像是在自杀。"

这是在昨天的搜查会议上，竹胁部长脱口而出的一句话。而这句话是在圭介介绍完疗养中的松本郁子的身体状况后说出的。会议室的氛围瞬间凝固了。会议室在这个瞬间，似乎变成了位于地下，满是汗臭的休息室。松本郁子果然就是犯人，她这是在畏罪自杀。众人在沉默不语中，定下了这个结论。

"接下来就交给你们了。"

竹胁用简短的话语结束了会议。竹胁等人离开后，剩下的搜查员们如山崩般瘫坐一团。或许所有人都感受到了窒息感，坐在窗边的人把窗户打开。伊佐美站起来伸了个懒腰，并问道："什么时候能再次审问松本郁子？"

圭介回答说："主治医师还没有给出正式的答复，不过在闲聊时，他说再过一周的话，就可以让咱们进入病房进行简短的问话。"

"部长说得应该没错。不踩刹车就往十字路口冲，这分明就是想自杀。"

在场的所有人都竖起耳朵听着伊佐美的这番话，并且全都等待着他接下来的发言。

"松本郁子想要自杀吧？因为认识到自己做了什么事，终于难以忍受那种罪恶感了。"

听完伊佐美的话，没有人敢抬头看他。这间小会议室已经没有其他窗户可以打开了。

○

池田吃完迟来的午餐回来后，重新看起电脑屏幕上的照片。就是旧琵琶湖酒店特别展示厅里摆放的那张照片，池田用手机拍了一张。

照片上是古老晚宴的样子，医疗法人涩井会的涩井宗吾会长、第八银行行长段田信彦、京大教授市岛民男，他们全都带着夫人，聚集在豪华的水晶吊灯下。

突然注意到他人视线的池田回过头。小林不知从什么时候起，从他身后看着照片。

"人们都闭口不谈……"池田很直接地说着泄气话。

小林没说什么，只是盯着照片。

"当年这个案件就已经一清二楚。制药公司MMO一手培养的宫森勋医生篡改临床试验结果，并且隐瞒药物重大的副作用。MMO凭借这种血液制剂获取的巨大利益中，有相当一部分钱流到了宫森医生的口袋。明明知道这些，但却没有立案。前段时间，你介绍给我的那位西湖署退休刑警河井先生也说过，当时，一定是有着庞大政治势力的政治家西木田一郎在背后搞鬼。当然我也打算从西木田孝臣议员那里打探些跟当年案件有关的情报，可一旦政治家进行更替，秘书们就会把前任做过的坏事全都自己扛下来并带进棺材里，让人无处可查。"

事实上，正如池田跟小林报告的那样。其实在一年前周刊社就曾跟因为西木田议员的职权骚扰而辞职的前秘书联系过，但对方只是说出了自己受到暴力对待的事情，对于前任领导西木田一郎的事，完全不清楚。

"这张照片是？"听完池田的报告，小林指着屏幕上的照片问道。

"这是旧琵琶湖酒店展示厅内的照片，凑巧的是，上面拍到的人就是涩井会的会长，涩井宗吾。效力于MMO的宫森医生，就是在这个涩井会旗下的研究所工作。"

"这么巧？"

"我如今还在调查发生在琵琶湖的枫叶园养老院的医疗事故。这一片归西湖署管辖，而这起事故的被害者就是照片中的市岛民男。"

池田按照顺序指着照片中的男人们。

"难不成这两个案件有什么联系？"

"不，应该没有吧。两个案件虽然都发生在西湖署辖区，但相隔了二十年。只不过两边都属于医疗事故，涩井会毕竟是当地大型组织，相关人员牵扯进来的概率自然很高。"

这时内线电话响起。接通来电，是一位名叫市岛小百合的人打来的。她是前些天临时取材时接受过采访的市岛民男的女儿。池田脑海中浮现出对方说话时的脸，她曾说过现在池田所负责的东江健一的小说相当有趣。

切换电话后，小百合说想要重新接受采访。她似乎是对迟迟没有进展的警方搜查产生了怀疑态度。池田调整好日程表，约定尽快见面。

　　"池田先生，再来杯红茶吗？"

　　市岛小百合收起玛德琳蛋糕的空包装时说道，池田关掉IC录音机，欣然接受了对方的好意。

　　"不好意思，那我就不客气了。"

　　虽然采访只有一个多小时的时间，但小百合说完对警方的怀疑后，就一直在聊她偏爱的年轻歌舞伎演员的事。池田所在的周刊社，上周出版的杂志封面上就是那位演员。

　　总而言之，小百合特意把东京周刊杂志记者池田叫过来，好像很害怕社会对这个案件失去关注。

　　池田把录音机收进皮包，打算去趟厕所。来到走廊，他发现走廊深处似乎有增建的部分，设计很奇怪，走廊的尽头突然就是中庭。

　　"厕所在里面。"小百合提醒道。

　　池田回应了一声，但他不知为何被中庭所吸引。虽然面积不是很大，但修整过的庭院盛开着鲜红的彼岸花。就在池田打开厕所门的时候，花坛突然出现一个人影。探头望去，白发老者也在惊讶地回看着他。这人好像是市岛民男的妻子。这么说的话，老夫人的年龄应该超过九十岁了，但她腰板挺直，有着一头茂密的白发，气质相当好。

　　"打扰了，我借用一下厕所……"池田说道。

"厕所是那扇门。"老夫人说道。

"啊，这扇吗？"池田故意装作迷路的样子。

"房子增建过，跟主屋的分界弄得很不清楚。"

老夫人操着一口温柔的关西腔。池田被她的语调吸引，离开厕所后，朝中庭方向走去。

因为没有见到老夫人抗拒的样子，池田便借用了放在下方的拖鞋，走进中庭，他恭敬地问候道："市岛先生的事，还请您节哀顺变。也不知道该如何说此事……"

老夫人突然不知所措，她低下头说："您太客气了。"行礼的样子甚是高雅。

"好美的彼岸花。没记错的话，花期一年只有一周左右吧？"

"现在正好是花期。"老夫人温柔地抚摸着花瓣。有些颤抖的手指，将那种抖动也传递给了花瓣。

"这花有毒，都说不适合种在院子里。年轻时，我和老伴儿居住的附近，就有一座盛开着彼岸花的山丘。"

夕阳照进中庭，老夫人的白发闪烁起光芒。

"盛开着彼岸花的山丘吗？很漂亮吧？"

"山丘被染成鲜红色，相当漂亮，漂亮到恐怖。"

"您以前住在哪里？"

"都是以前的事了，那时住在A国。"

"A国？"

池田突然回想起旧琵琶湖酒店特别展示厅里面的照片。如此一想，照片里坐在年轻的市岛民男身边的人，应该就是这位老夫人了。

似乎是回想起过往的那座被彼岸花染红的山丘，老夫人再次用手抚摸起眼前的花。

"市岛先生在成为京大教授前，是住在A国吗？"

池田问道，脑海中再次浮现出那张老旧的照片。扩张至全国的涩井会最初就是由原会长涩井宗吾在A国成立的医院，包括第八银行行长的段田信彦之所以能有今天，也是因为当年被从大藏省派往A国中央银行。原来如此，这三人都是在A国时期的老相识。

"哎呀，您怎么在这里啊？"

突如其来的声音让池田回过头，只见小百合一脸不高兴地站在那里。她的眼神不是针对池田，而是她的母亲。小百合皱起眉头道："妈，来庭院好歹也穿件毛衣啊。"

"那个，如果时间允许的话，能否跟您的母亲聊一下民男先生的为人之类的事？"

池田脱口而出。眼前的老夫人似乎有什么放不下的东西。

"妈，这位是东京来的记者。你要和他聊聊吗？"小百合不耐烦地问道。

"简单说几句就行。"池田见缝插针地说道。

"如果不是很久的话……"最后，被害者的妻子市岛松江说了这句话后，决定接受采访。池田被带到能够看到中庭的松江的房间。这里虽然不是茶室，但仍旧别有一番典雅之味。无论是书架还是桌子，都是颇具古风的款式，能够看出使用者相当在意。壁龛中有一朵花，似乎是松江本人插的，那是一朵水灵灵的小菊花，就连平日里对花瓶里的花不怎么在意的池田，都不由得被这花所吸引。

"感谢您能接受我鲁莽的请求。"在确认可以录音后，池田感谢道，"刚才您说在年轻时一直住在A国。那边的气候怎么样？"

"啊，那边很冷的。我们一开始是在C市居住，入冬之后气温会达到零下二十度。"

"零下二十度！真是难以想象。"池田不禁小声说了一句。

"我们在一起后，就搬到了H市生活，那里的冬天更冷。"

"C市和H市，相距三百公里左右，似乎是比东京到名古屋稍短点的距离。"池田打开手机里的谷歌地图说道。

"是吗？原来是这样啊。我记得以前就算是搭乘特急电车也需要半日左右的时间。"

"现在搭乘高速铁路好像只需要一个小时的时间。"

"一个小时？真够快的。"

"那您是在结婚后搬去的H市？"

"我们最初认识的地方，就是H市。那家旅店，现在应该已经没有了。"

或许是错觉吧，松江的脸颊看上去稍微有些泛红。

"那家旅店叫什么？"

"叫作大和旅馆，位于车站前。"

池田在地图上找到了旅馆的名字。根据搜索知道，这似乎是一家目前还很受欢迎的古典旅馆。池田通过图片搜索功能找出照片，一边欣赏着旅馆外观，一边说道："很帅气的旅馆，还保留着当时新艺术派的建筑风格。"

"还保留着吗？我是在这家的法国料理厅，初次遇到了民男。"

"那是什么时候的事？"

"1941年前后吧。那时刚好入秋，是个令人舒适的日子。街道上红叶盛开，石板路上堆积的落叶令人仿佛置身在欧洲。"

或许是因为松江极具感情的描述，就连池田都能清楚地感受到从未去过的H市秋天的景色。

"他虚岁二十五岁，我十九岁。真令人怀念啊。"

"相亲认识的吗？"

"没错。他当时特别紧张。"

很不可思议的感觉。相亲时感到紧张的二十五岁青年，在前些天变成了被害身亡的百岁老人。

池田不再去想那位病房里罩着呼吸器的老人的样子，他开始想象着在那座高档古典旅馆的法国料理厅里，紧张相对的两名年轻人。餐厅桌子铺着白色的桌布，温暖的秋日阳光照进巨大的窗户。当时的石板路上估计还有马车穿行。有着美丽毛色的马匹，与路上的红叶相当搭配。

"当年，如此年轻就相亲了啊。"其实池田也了解当年的社会情况，但为了把话说下去，才如此问道。

"那并非正式的相亲。我有个哥哥，他和民男是很要好的朋友。"

不知是因为声音恬静，还是语气亲切的缘故，听着松江的描述，犹如误入孩提时所听到的传说或者童话世界中一般，池田觉得自己站在了七十年前的H市。

池田偷偷看向松江的瞳孔。他想要看到倒映在她眼睛里的事物，但无论怎么看，里面都是一片浑浊。

○

早上，圭介睁眼时，岳母已经到了。岳母准备好的早餐是法国面包、火腿华夫饼风格[1]的鸡蛋料理，以及满满一大碗白萝卜沙拉。圭介在一眨眼的工夫，就将这些食物如同喝红茶般吃进肚中。

"看到身体健康的人吃东西，就是赏心悦目。"岳母盖上圭介用过的番茄酱。

"岳父他身体不舒服吗？"圭介问道。

"其实是诚哥的身体最近不是太好。"

帮岳母洗东西的华子，说出了和岳母他们住在一起的长男的

1　一种美式早餐。以英式玛芬为底，上面放上火腿，煲嫩蛋以及荷兰酱。——译者注

名字。

"好像胃一直在痛。饭桌上吃一口就说不吃了，然后一脸嫌弃似的离开了。因为大家都在一起吃饭，他要留在这里的话会让其他人感到不舒服吧。"

"诚哥食欲如此差，身体会吃不消吧？"圭介附和道，"然而万里子不在家的时候他就能吃饭了。换作是我，如果待在整日摆张臭脸的人面前，也会没有食欲。"他的这番话似乎说出了本话题的关键，并且还提到了长男媳妇的名字。按照华子的说法，岳母以照顾诗为借口，几乎每天都往家里跑，目的似乎就是做给儿媳妇看。

圭介看了眼钟表，差不多到了出门上班的时间。此时的他心情相当沉重，他放下本打算喝完的橙汁，随后抱起在婴儿床睡觉的诗。圭介卡着时间，闻起女儿头发的味道。

湖畔购物中心一楼超市的货架上，堆满了鲜嫩的生菜。或许是光线明亮的缘故，架子上的蔬菜看上去都很干净，这里的卖场自然不会出现泥土味。

虽然距离傍晚繁忙的时段还有些时间，但店里的客人已然不少。特价区那边，客人的篮筐相互碰撞。挤在这群客人中的松本郁子拿起一袋茄子，端详片刻后又放回架子上。松本的篮筐里已经堆满商品，但尾随其后的圭介的篮筐里却空无一物。

松本虽然遭受严重的肋骨骨折，但万幸恢复得很顺利，上个星期已经出院。松本已经决定，下个月就回枫叶园上班。虽然她依旧被警方当作重要证人继续调查，但院方无法拒绝主张自己被冤枉的员工回来上班的意愿，而且还声明会按从前的待遇迎接松本回归。

不过，当初对松本深感同情的院方以及同事们，在警察对她的固执调查下，也开始认为她做过什么亏心事。正如传闻中的那样，她发生的交通事故其实是在畏罪自杀，据说不少人逐渐和她保持起距离。

松本最后还是将端详半天的那袋茄子重新拿起，然后放进篮筐。

当然，松本早就注意到了尾随在自己身后的圭介。之所以会注意到，是因为警方这样的尾随已经不是一次两次了，刚才圭介还故意站在松本身边，抬头望向她拿在手上的五花肉的价格。

这种行为，每次都让松本火大。虽然对方没有吭声，但圭介清楚，她的每根头发都在愤怒。

第一次像这样明显尾随时，圭介也是在这家超市紧随其后，致使松本数次大声怒吼道："请适可而止吧！"可无论松本怎样吼叫，圭介就是不从她身边离开，反倒是越发靠近。当店员赶到纠纷现场时，圭介就会告知对方自己的刑警身份，最后导致松本颜面尽失。后来松本也死心了。她的眼睛变得空洞而无神。

心不在焉地跟在松本身后来到熟食区的圭介，突然被人拍了肩膀。他回过头，伊佐美不知何时来到了他的身后。伊佐美一边看着松本的背影，一边说道："那种眼神，看上去真让人阵阵发冷。"

"眼神？"如此偶遇，令圭介感到惊讶。

"就是松本的眼神，她看来完全死心了。"伊佐美夸张地做出斗鸡眼，然后小声说道，"人在死心的时候，就会出现那种眼神。她很快就会上套的。"

"那个……"圭介对伊佐美说道。

"什么？"

"那个……松本女士，我认为她的精神状态已经无法接受审讯了。"

圭介偷偷注视着伊佐美的神情，并没有看出任何变化。

"你是白痴吗？那又怎么样？这种事，大家已经知道了。"伊佐美一边说，一边敲打圭介的头。

圭介自己也不清楚想要表达什么。分明已经隐约感觉到松本就是那个被选中的弱小的撒谎者，可事到如今，却想着拜托伊佐美放过她吗？

这并非冤案，就是她故意杀害了市岛民男。她是对看护师的待遇心存不满。想要有朝一日报复院方，以泄心头之恨。越是这样嘀咕，就越认为松本是凶手。

尾随买完东西的松本来到停车场后，圭介并没有跟随松本回家，而是按照伊佐美的指示就地解散。而后，他在购物中心里见到了丰田佳代。

圭介回到购物中心内上厕所。他在漫长的通道上寻找男厕所时，看到了在设计时尚的和食食材店买东西的佳代。佳代看了一会儿商品后走出店铺，随后走进隔壁水果果冻的专卖店。感觉她是漫无目的地闲逛。

圭介在较远的地方偷拍观看陈列橱窗的佳代。虽然有点距离，但是店内的灯光正好照在她的脸上。

佳代接着来到该楼层最深处附带咖啡厅的书店。她在收银台点了杯饮料，接着在杂志卖场拿了一本食谱，然后坐在吧台的椅子上。

圭介再次举起手机，这时他发现相隔仅一个座位的男人正在偷看佳代。那个男人是个中年员工，他一边在假装使用笔记本电脑，一边很露骨地打量着佳代。佳代并没有发现男人的行为，当然也没有注意到圭介，她往杯子里倒入砂糖，搅拌着勺子的同时翻阅起了食谱。

圭介坐到附近的长椅上，将刚才拍到的照片发给佳代。佳代立刻注意到短信，随即拿起桌子上的手机。圭介相当期待，他想知道佳代在知道是谁给她发来短信时，会是怎样的表情。然而她的表情并没有变化。只不过，在打开照片的瞬间，她缩起了脖子。

佳代有些迷惑，她不清楚收到的照片有什么含义。她对比起照片上的自己和店内的情况，再次缩起了脖子。

圭介缓缓地站起身。佳代的视线捕捉到圭介，注视他片刻后，又看向那张照片。然而她之后再也没有抬起头。

圭介一动不动地站在原地。

直到身后座位的高中生们站起来，佳代才再度抬起头。男学生们的巨大运动袋撞到她的肩膀，他们一边道歉，一边走出咖啡厅。

佳代一直凝视着圭介那边。他面无表情，扭动着下巴。圭介转身就要走，好像是在叫佳代过来。

不过佳代并没有起身，圭介再次扭动下巴，等待佳代起身后才继续前行。似乎是电影开场的时间就要到了，刚才那帮高中生们从圭介身边跑过。

圭介回头望去，虽然保持着一定距离，但佳代确实跟在后面。

今天是工作日，购物中心里并不拥挤。跑到远处的高中生们的声音依旧清晰可闻。圭介在通道右转，那里正好是个休息区。白色的墙壁上挂着描绘着湖泊的壁画。

从休息区的最里处再度右转，就是厕所。圭介在厕所前止住脚步。厕所前面的走廊如医院般没有特色，这边的白墙上，贴有购物中心商家的招聘广告。

就在这时，佳代从拐角处现身了。

在看到圭介的瞬间，她止住了脚步。圭介冲她使了个眼色，佳代一边注意着身后一边沿墙靠过来。店内传来了寻找客人的广播。

"刚才在二楼购买帽子的顾客，店家有事告知，请您返回卖场。"

广播重复两次后，重新播放起古典音乐。

圭介站在佳代的面前，他闻到了佳代头发散发的甜美气息。

"为何要跟过来？"

圭介小声说道。佳代没有回复。

"喂，为何要跟过来？"

圭介轻轻推了下佳代的肩膀。佳代顿时一个踉跄，圭介则追问道："到底为何要跟过来？"

佳代将头深深垂下，圭介抓住了她的下巴。

"快说。"

圭介用大拇指按住她的嘴唇，并粗鲁地摩擦起来。淡桃色的口红被蹭掉一部分。

"……为什么？为什么要过来！"

他压低声音在对方耳边问道，佳代小声回答说："嘴……"

"想说了？有嘴的话，那就能好好回答了吧？那么，你为何要跟过来？"

圭介用更强的力量按住佳代的下巴，并凝视着她的眼睛。佳代想把脸扭过去，但不知为何，眼睛却纹丝未动。她的瞳孔里清晰地倒映出圭介的脸。

此时，传来一阵脚步声。圭介立马从女人的身边移开，背对着脚步声的方向。然而就在接下来的瞬间，传来了熟悉的声音："欸？"

准备走进男厕所的圭介停住脚步。他回过头，用余光看到了华子。

佳代最先动了起来。她晃动着四肢，犹如挣脱蛛网般逃走了。

"等……等一下。"

华子刹那间喊道，但佳代并没有停下脚步。

"等一下……"华子这回的声音转向另一边，"你在做什么？"

"什么？"圭介脱口而出。

"你说什么啊……"

"你说刚才那个女人？她脑子有点问题。我在之前负责的案件里曾审讯过她，刚才被她缠住了。好在你出声帮我赶走了她。"

谎言似乎起到了效果。之后圭介又说了一连串的谎话。越说越让人觉得，那个女人就是有病。

○

佳代在建材商场的轮胎交换柜台，说明自己有预约，然后在申请表签上了名字。

"我是代理人，这里签卜我的名字就可以了吗？"

佳代问道。店员在看到申请表上"所有者"这一栏写的是国枝的名字时询问道："您是他夫人吗？"

"不是。"佳代回应道。

"您是他女朋友吗？"

"是的。"

"那您在这里签上名字即可，您今天要把汽车开回去吗？"

汽车和钥匙已经交给修理厂的员工。填写完申请表后，佳代在自动贩卖机买了杯红茶，接着坐在无人的等候室的长椅上。窗外，国枝的汽车被迅速送往修理厂内。在人群拥挤的假日里，此地的广场会有章鱼烧以及可丽饼的摊子，不过今天是工作日，每处摊位都盖着蓝色的塑料布。

佳代发信息给国枝。

"现在正在换轮胎，你说的积分好像可以累积。"

她立刻收到回复。

"我知道可以累积，活动期间应该可以加倍。"

即便是简短的文字，也能感受到国枝平日里那催促的语气。

"我去确认一下。"

"你一会儿过来吗？"

"我要去买东西，应该会晚点过去。"

国枝没有回复。

佳代和国枝已经好几个星期没有见过面了。虽然相互有信息往来，但佳代每次都会提前做出预判，以同事辞职、突然有工作、傍晚要和父亲见面等借口推掉对方还没来得及发出的周末邀请。不过前几天，国枝再次发来信息，希望佳代帮他更换汽车轮胎。轮胎好像是撞到了什么，侧面出现小的缺口。如今还不影响开车，但加油站的员工说如果开到高速上，很有可能会爆胎，建议他更换。虽然佳代不明白为什么他不能自己去换，但懒得拒绝的她还是同意了。

佳代开着换好轮胎的汽车返回国枝家，明明说学校有活动的国枝，此刻却待在房间里。看到几个星期没见面的佳代，国枝依旧还是老样子，在电视机前打着游戏。

"你几点取回的车？"国枝询问道。

"五点多，你呢？什么时候回来的？"佳代反问道。不过国枝并没有回复。

佳代来到厨房准备晚饭。在她洗米的工夫，本应该继续打游戏的国枝却在客厅与卧室间反复徘徊，时不时还粗暴地关上卧室的门，看样子似乎是生气了。这是国枝想要跟佳代亲热的表现。

佳代假装没有注意到。

然而国枝这回开始踹卧室的墙壁了，这种响声弄得佳代不得不回应他。

"我想先煮饭，今晚还得上夜班呢。"

佳代并没有去卧室，声音顺着没有关门的走廊传了过去。国枝一边刷着手机说自己还不饿，一边等待着佳代。

"想让我上床，你就直说嘛。"

佳代反常的态度令国枝相当不知所措。以往的佳代为了不想惹国枝不高兴，总是老老实实地顺从。

"后悔吗？"佳代问道。

"什么？"国枝摆出准备吵架的姿势噘着嘴。

"别装傻，后悔吗？"佳代还嘴道。和平常的自己简直判若两人。佳代相当震惊，自己竟然能够如此强势，国枝被气到双目圆睁。

"我从来没有喜欢过你。"就在说出口的瞬间，佳代感到无比痛快，"我根本就不知道你为什么要跟我交往，而且我也不想知道为什么。"

佳代忍不住继续说了下去。国枝在这个时候坐起来，他粗暴地拉住佳代的手腕，打算强行把她推倒在床上。连佳代自己都觉得不可思议，她完全没有感到害怕，仅仅觉得眼前的这个男人可悲至极。

"疼！松手！"

佳代无情地甩开国枝的手。她逃出走廊，国枝紧追其后。片刻间肩膀被国枝抓住，他握紧拳头。

"你完全没有男性的魅力。"

这些话很自然地脱口而出。也不清楚是眼睛充血的国枝先推开佳代的肩膀，还是佳代先粗暴地甩开了国枝的手腕，两人的身体突然分开，佳代的手背撞到墙上。国枝想回到卧室。佳代则抓住他的手腕，但被国枝甩开了，然后他用力地关上门。

"蠢货。"

等佳代回过神来，自己正在念叨着这句话。对于勉强算是恋人的国枝，佳代几乎没有什么感觉。

佳代拿起皮包走出玄关。就在她准备上车的时候，主屋传来一声"丰田小姐"。回过头，原来是国枝的母亲顺着窗户探出头："你要回家了？"

"对不起，没有跟您打招呼。"佳代带着歉意说道。

"哪里哪里，没事的。话说回来，你已经很久没过来了……你的车今天好像一直停在这里，你是坐公交车过来的吗？"

因为要上夜班，佳代事先将自己的车开到了国枝家。国枝的母亲伸长脖子想看看佳代的车内。车里并没什么见不得光的东西，但佳代还是变换站立的位置，挡住了对方的视线。

"不是，最近的工作比较忙。"

"啊，这样啊……我问过国枝，但他什么都没有说。阿姨有点担心……"

"不好意思。"即便对待这位温和的母亲，国枝也总是傲慢无礼。"我先走了。"佳代重新拿起皮包。

"啊，好。不好意思啊，突然叫住你。"

佳代坐上车，发动引擎，慢慢驶离这里。国枝母亲不舍地望着佳代离开的背影。

抵达枫叶园时，佳代在停车场看到同事小野梓的身影。梓看上去并不是在等她，但注意到佳代的汽车后，便跑了过去。

"怎么了？"

佳代打开车窗。

"你先停车。"

梓用手指向停车场。难不成她真的在等自己？佳代停好车走了下来，梓把手机掏出来对她说："我有东西想让你看一下。"

"什么东西？又是你男朋友的新视频？"

佳代有些发愣。她男朋友在YouTube之类的软件上的视频，佳代已经看过很多了。

"难不成又是晾衣架的视频吗？"佳代笑着说道，但梓的表情僵硬，"怎么了？出什么事了吗？"

"我在刷视频的时候偶然看到的，在给服部姐和其他同事看之前，我想先给佳代姐看看，听一下你的意见。这视频让人感觉很不舒服。"

"我不想看恐怖的东西。"

佳代下意识地远离梓递过来的手机。

"不是的，不是那种恐怖的视频。总之你先看一下吧。"

梓强行递过手机。佳代将身子后仰，看向小小的手机屏幕。视频拍摄的是熟悉的枫叶园的外景。镜头缓缓从佳代刚才开车过来的道路往上移动。似乎是边走边拍，此人并没有进入正门玄关，而是走进了停车场，但他并没有进入员工通道，反而直接绕到了建筑物的后方。枫叶园的后方是片广阔的田地。

"这是什么？是你拍的吗？"

"不是的。先不说这个，请你继续往后看。"

为了防止画面晃动，梓用双手握住手机。

镜头绕到枫叶园后方，就停住不动了。视频里只能看到绿色防护网外的田地。仔细看的话，天色昏暗，看不出究竟是傍晚还是清晨。就在下个瞬间，慢慢晃动的镜头拍到了紧急出口。如果说是建筑物内侧的话，此地应该是一楼走廊的深处，那里平常就是开放的。镜头从紧急出口进入到养老院内部，然后停在最前方的门前。

视频到此为止。

"这是什么？"佳代问道。

"啊？请你好好看一下！镜头停在了一〇八号房间的门前，那可是市岛民男先生的房间啊！"

梓突然激动起来，鼻孔都张开了。经她这么一说，佳代终于发出"啊"的一声。就在发出这个声音的瞬间，她突然感到不寒而栗。

根据梓的描述，她并没有发现其他与之相关的视频，也不清楚这是谁拍摄的。上传的时间大约是在十天前，没有起什么特别的标题，视频里也没有说明的文字。原本这段视频似乎是搜索不出来的，但或许因为都是在同一区域内拍摄的内容，这段视频莫名其妙地就出现在了梓男朋友频道的关联视频中。即便如此，也没多少人看过，播放次数只有三十一次。

"在这三十一次里，有二十多次是我看的。你是怎么认为的？"梓问道。

"怎么说呢……"佳代含糊地回应道。

"最好还是跟警察说一下吧？"

"什么？警察？"

"因为，这有可能是凶手拍摄的……"

"等……等一下。"佳代有些慌张。

这段视频当然有可能像梓推测的那样，但反过来想，也有可能是访客闹着玩儿拍摄的，只不过是有人从紧急出口走进来而已。

"我本想让我男朋友看看的，但他看过后绝对会认为很有趣，然后火速上传到自己的频道。要是这个视频引起骚动，招来警察的话，那就不好收场了。虽然他也做过不少荒唐事。"

佳代说想再看一次，于是梓重新播放起视频。这次或许是因为站在了凶手的角度，在昏暗的薄雾中慢慢靠近养老院的这段视频，给人一种紧迫感。不过，还不清楚这段视频究竟是什么时候拍摄的。当然，视频中也没有拍到进入市岛民男病房的内容。

"佳代姐，你说该怎么办？"

梓再次问道，佳代则冷淡地回答道："我也不知道。你要是觉得跟警方说比较好的话，那就去说吧。"

"如果说的话，就又要被拉去问话了。不过这种事也没什么关系，只不过要是调查到我男朋友的频道，那可就糟了。"

佳代推了下陷入烦恼的梓，随即朝工作方向走去。

○

似乎还能赶上末班车，不过池田并不想回到一个人居住的家里，于是从新大久保前往歌舞伎町。

作为短暂的庆祝，他想找到地方喝一杯再回去。

今天是对"韩国城的改观"这则短篇报道进行取材，他去了几家热门餐厅，途中接到了西湖署退休刑警河井打来的电话，说有可能拿到当时药物事件的搜查资料，这个消息令池田相当开心。河井还说不要期待他能拿到多少资料，不过获得的渠道很值得信赖。

走在满是醉客热闹非凡的歌舞伎町上，能够听到棒球中心传来的轻快击打声。闹市区的空中浮现出强光照射出的绿色网格，这些在池田眼中具有莫名的吸引力。

趁着高兴，干脆去玩一下吧。池田兴致勃勃地走进棒球中心，但一到九号的位置都是使用中，就连等候室也是大排长龙。

其实也不一定非要排队去玩，池田用手指抓住护栏网，探出头看向前面的使用位置。正在打球的是一位丰满的女人。女人并不胖，反倒是有着迷人的体型，每当球射出来她就会大幅度挥舞球棒，这更加突出了她身体的线条美。女人看上去醉得厉害，每次挥舞球棒都会哈哈大笑。实际上，她每次都会打空。仔细看的话，脱掉的高跟鞋就扔在本垒的旁边。

看到女人再度挥舞球棒，池田忍不住笑出了声。女人回过头盯着池田说："笑什么？"她的眼神摇摆不定，池田随即提醒道："下一球要来了。"但是女人依旧在盯着池田，并招手让他进来。女人用球棒充当拐杖站在原地，她似乎有些站不稳。只见女人再次招手，池田环视四周然后钻了进去。

"这家店的机器，只对我一人扔变化球。"池田刚走进去，女人便抱怨道。

"分明都是直球啊。"池田笑道。

"直球?"

"你喝高了。不要紧吧?"

这时,又一个直球飞来。

"站在那里很危险的。"

池田想要拉住女人的手腕,对方却驴唇不对马嘴地说:"你是教练?"

"不是教练,是代打。"池田开玩笑地回复道。

女人似乎明白代打是什么意思,然后问道:"什么?你是代打?那么,你拿着。"女人直接把球棒递给池田。

池田让女人离开击球区域,让她坐在护栏网后面的折椅上。他走进击球区,举起球棒。就在他准备奋力一击的时候,球归零了,投球机的红灯消失了。

"打到了吗?"

身后传来女人的询问。他回过头,对方正在歌舞伎町的夜空中寻找棒球的踪迹。恰好这个时候,隔壁击球区传来了清脆的响声,球不断向空中飞去,一直撞到夜空中的防护网上。

"哇——好厉害,好厉害,好厉害!"

既然醉酒的女人搞错了,那就这样错下去吧。池田随即摆出胜利的手势。

之后，池田一个人又玩了两局。走出击球区，他在自动贩卖机买了瓶水递给那个女人，女人似乎也清醒了点。来到马路时，池田让女人穿上他一直拿在手中的高跟鞋。结果女人却抗拒道："穿上会摔倒的。"可穿着长筒袜走在深夜的柏油路上，可是相当冷的。

池田蹲在地上，对方整个人都压在他的背上。池田承受着她的重量，把她的脚塞进鞋子里。虽然是非常奇怪的场景，但在深夜的歌舞伎町，不会有人注意此事。

"全垒打王！下一站去哪里？"

池田站起来，女人想让他背着自己。池田让她穿好脱下来的大衣，然后说道："去酒店吧。"

女人并没有明确拒绝，池田搂着她的肩膀往前走。绕过第一个拐角处，便是酒店的门口。一辆黑色面包车穿过狭窄的通道，缓慢地超过池田二人，然后停在酒店门前。

应该是送客人的车吧？池田也没有多想，只想赶紧越过这辆汽车，快点进入酒店玄关。就在这时，面包车的滑动门打开，池田的肩膀突然被人抓住，还没来得及开口，他就被拽进了车里。

捂住池田嘴巴的手上有烟草的臭味。池田晃动四肢想要逃走，但却被好几个人用手按住。滑动门在自己眼前关上，汽车突然加速前进。被留在黑色车窗玻璃另一面的女人，则惊愕地看着汽车离开。

池田的脑袋这时被人用厚厚的袋子套住。当粗糙的布袋触碰到脸的时候，池田头一次感受到了恐惧。

他知道汽车驶离了歌舞伎町，穿过了主干道。车上的人没有说话，池田也不知道车里究竟有多少人，他只能闻到烟草的臭味。池田坐在座椅上，头被人粗暴地按住。虽然没有被人反绑双手，但还是被几个人死死摁住了。

池田决定不再做任何抵抗，他不认为自己有抵抗的能力。在如此思考后，他的呼吸多少顺畅了些。等他反应过来时，自己正在无意识地重复着："没事的，没事的。"

汽车开出去不到十分钟就停了。这并不像之前等红灯的停车方式，车内的男人们此时也有了动作。

池田不禁全身紧绷。滑动门打开了。池田依旧重复着："没事的，没事的。"

男人们走下车，发出的震动令车体大幅度摇晃。池田的手腕突然被人抓住，他就这样被拖出车外。而这些，仅仅是一瞬间发生的事。

"你不许再进行当下的采访。听好了，下次直接送你去见阎王。"

池田听得一清二楚。紧接着，他不知道是人先被扔出去的，还是布袋先被扯下来，不自觉晃动的四肢，突然漂浮起来。然后就这样下坠。

池田一边向下坠落，一边看着路灯。他看到被路灯照亮的树，看到潮湿的石墙，看到男人们所在的小桥。

就在大量的水涌进鼻子跟嘴里的时候，池田知道自己被扔进了河里。他不断挣扎着，终于脚触碰到河底，身体找到了重心。

万幸身体很快就浮出水面。他猛地吸了口气，随即剧烈地咳嗽起来。池田拼命在水中划动，那座石墙就在眼前。

"有人落水了。"

头顶上不知是谁发出的声音。抬头望去，桥上的男人们已经跑了。

○

提交的报销单因不齐全被打回后，圭介把收据摆在桌上，并敲打着计算器。他也不清楚是哪里算错了，需要报销的金额竟然与收据累积的金额相差近五千日元。等核算到一半的时候，约好的时间已经到了。注意到时间的圭介心情郁闷。

"走吧。"一旁同样抬头看着墙上时钟的伊佐美站起来说道。

圭介把还没核算完的一沓收据粗鲁地塞进办公桌的抽屉里。刚来到走廊，等候他的伊佐美就自作多情地把脸凑过来说："听明白了吗？已然走到这一步了，就不能再说松本郁子是清白的了。不这样做的话，在审讯后发生的那起车祸事件，就必须有人出来背锅。当然了，不会有人想背那口黑锅。所以，上面的人，已经认定松本郁子就是凶手。听明白了吗？随意进行审讯的阶段已经结束了。趁着律师还吊儿郎当的，把事情给处理掉。已经没有回头路了。"

松本郁子和往常一样，带着丈夫一同前来。这已经是她出院后的第三次讯问，陪同的丈夫似乎也已经习惯，手上拿着从柜台旁边的自动贩卖机里买来的纸杯装咖啡。丈夫或许是想抗议个一两句，恶狠狠地盯着迎面而来的圭介和伊佐美。

"我们还没决定好要询问尊夫人多少个问题，等讯问结束后会通知您。所以还劳您先回去吧。如果还像之前那样在停车场等，会给我们造成困扰。"

圭介在赶对方走，感到受挫的丈夫低下头"哦"了一声，然后偷偷看了妻子一眼。松本郁子已经完全没有任何反应了。

圭介重新看向松子。她是个身材娇小的女性，就算是站在眼前，看上去也像是坐在椅子上。圭介此时闭上眼睛。一闭上眼睛，之前与她一同在狭小的审讯室里相处的场景就会浮现在眼前。

"果然是你干的。除了你，所有人都是这样想的。"

今天自己还会拍打松本的脑袋吗？按照剧本，一旁的伊佐美会出手制止，然后再次按照剧本，自己随即把桌子踢飞吗？

圭介很想牢牢地盯着松本的眼睛看。他想清楚地看看，伊佐美所说的，生无可恋的人的眼睛究竟是什么样的。然而无论是拍松本的脑袋，还是踹桌子，她都不会抬头。

所以，圭介也不耐烦了起来。

我说，你到底在保护些什么？是为了和只知道打柏青哥[1]、一周只上三天班的丈夫生活？还是为了每天一直在伺候的大小便失禁的公公？难不成是为了那唯一能够令自己露出微笑的和公司同事相处的时

1　柏青哥，日本的一种弹珠游戏机。——译者注

光吧？这些应该都不怎么重要吧？

圭介抓住松本的头发，伊佐美故作慌忙地出面制止。无奈抬头的松本，她的眼睛里果真如伊佐美所说的那样，似乎放弃了什么东西。

"松本女士，果然就是你干的吧？你想结束这一切，这并非你所期望的人生吧？你应该过着不一样的人生，应该可以过上更加幸福的人生。毕竟你付出了那么多的努力……所以说，松本女士，想要解脱的话就坦白吧，没必要这样死撑着。无论你再怎样努力，也不会有人表扬你吧？松本女士，你已经尽力了。你做得很好。你是个相当了不起的人。"

转天上午，琵琶湖一带在下雨。

从西湖署的窗户向外望去，湖面正在被雨水击打，并弥漫着浓雾。圭介环视着没有他人的楼层，走到窗边打开窗户。

潮湿的风吹进干燥的楼层。只要提交完手中的文件，今天就自由了。

他把文件放在部长的桌子上，然后前往卫生间洗脸。冰冷的水顿时消散了彻夜未眠的睡意。虽然很想立即返回家中，钻进被子里睡觉，但圭介突然想去其他地方转一转。

"总之，今天是自由的。"

一想到这里，刚才还在跟口供文件作的斗争以及松本在审讯室里说过的话，都如浓雾般散去。

"走吧，只有今天是自由的。"

圭介再度自言自语道，然后逃跑一般离开警署。圭介接下来前往的地方是大阪。他自己也不清楚是从何时起决定的，一大早他在路上的高速休息站吃了一份三百克的牛排，然后在有着露天席的星巴克悠闲地喝着咖啡。这时他开始想象着坐在难波豪华花月剧场[1]观看喜剧的自己。

实际上，只要能来到剧场附近，他就会感到愉快。虽然还是上午，但拱廊商业街里已挤满游客，章鱼烧店和二十四小时营业的居酒屋已经排起了长队。

圭介平时并不看电视上的综艺节目，主要原因是自己太忙了。不过从年轻时起，比起看电视，他更喜欢像这样来到难波豪华花月剧场。他从未带过他人来到这里。即便是华子，也从未邀请她来过。

高中入学考试失败的时候、从足球部退出的时候、奶奶亡故的时候，圭介不知为何，全都是一个人前往这里。来到这里买票，在看表演的时候哈哈大笑，对着笑点密集的最新喜剧鼓掌到掌心发热。

仅仅是这样，就能令人心情得到些许放松。

不仅没有和其他人来过，仔细想来，他甚至没有跟任何人说过自己的这种兴趣爱好。他并非刻意隐瞒此事，只是单纯地不想说。

好在买到了下一场二楼座位的票，距离演出开始还有一个多小时

1　难波豪华花月剧场，位于大阪市的中央区。是日本专门经营喜剧的剧场，被人们称之为搞笑殿堂。——译者注

的时间。圭介走出喧闹的道路，站在写着今日演出者名单的招牌前。上面有他喜欢的演员的名字。光是看他们的名字，圭介就能笑着脑补出他们的段子。

"圭介完全没有幽默感。"

从小的时候，他就经常被人这样说，这也造就了他自卑的性格。圭介清楚无论自己怎样开玩笑最终都会冷场，因此他变得沉默寡言。

他其实是想多了，能直言不讳说出"不好笑"这种话，恰好说明朋友们对他不藏着掖着。但正因如此，圭介相当羡慕善于说笑的同学，并一直憧憬着成为这样的人。

"正是因为你总说憧憬那些善于说笑的家伙，所以你才不好笑。"

圭介一边回想起以前有人曾这样笑话过自己，一边漫步在拱廊商业街。

光是思考在开演前如何消磨时间，就足以令他感到满足。药妆店的店员正大声招揽客人；满脸笑容的年轻母子正站在店前展示的像是冲浪板的健身器材上进行体验。

商业街的熙熙攘攘令人不可思议，一旦走进人群中，自己就能成为其中的一部分。只要成为其中的一部分，就会觉得这种熙攘其实很安静。中午喧闹的拱廊商业街，其实和清晨的琵琶湖别无二致。

圭介叉腿站在拥挤的拱廊商业街上。

"关停市岛民男先生呼吸器的人就是我——松本郁子。由于院方对我们看护师的待遇很恶劣，以至于我对他们产生了多年的怨恨。就算我在法庭上给予否认，也不是我的本意。"

松本朗读自白书的声音清晰地出现在圭介耳中。接下来只要让松本在笔录上签字，这件事就结束了。松本本应该在上面签字，但最后的最后，她拒绝了。

"我没有听到警报声！我没有听到！"

之后无论是威胁还是劝慰，松本都没有再次敞开心扉。

"事到如今，你再撒谎也没用了！"圭介怒吼道。

"这事你来处理吧！"虽然被一旁阵脚大乱的伊佐美抓住前襟，但圭介不知为何松了口气。总之，今天就这样结束了。

圭介慢悠悠地环视着喧闹的难波商业街里的人群。

"你压根儿就不好笑。"

圭介自言自语道，多少感到轻松了些。他当众做出甩杆的动作。在人群中，他用目光追寻着甩出去的渔线。圭介怪异的动作引起了一些行人的注意。渔线甩在一名站在章鱼烧店前的学生身上，学生配合圭介，装出衣服被渔线勾住的样子。

"又得从头开始了。在松本坦白一切之前，你的工作永远不会结束。"

今早，率先离去的伊佐美的这句话出现在圭介耳中。他做出收线的动作，不过章鱼烧店前的那个学生，已经不再看他了。

○

　　"你听说了吗？下下周，不知道是警察厅厅长还是警视总监，反正有高层要从东京过来视察了。也会来咱们这里。"

　　在护士办公室整理入住者病例的佳代，听到了这句话。

　　"来咱们这里？老人们好不容易才稳定下来，岂不是又要闹腾起来？"

　　"听我家那口子说，这是警方在展现他们要认真调查本案的意志。"

　　"听说西湖署的人，这回被上面骂得很惨。"

　　"并不意外啊。遭受严苛审讯的松本姐最终是清白的，现在一堆社会上的律师聚集在一起要帮忙打官司，调查审讯时的违法行为，然后进行起诉。松本姐真的好可怜，不过也是因祸得福，现在能有律师出面帮忙。"

　　"昨天傍晚的电视上不是播放特别节目了吗？西湖署最大的丑闻。你看了吗？"

　　"我昨天在上班，不过录了下来。"

　　佳代一边竖起耳朵听着二人的谈话，一边继续整理病例。警方最高干部要从东京过来，以及有律师团体准备帮松本郁子打官司，这些事都是头一次听到。不过，她也听说了一些其他传言，最近电视和杂志都开始报道西湖署违法搜查的丑闻。社会对西湖署的压力越发强大。

"那个，你们说的视察，预定在什么时候？"佳代不禁向准备离开的护士们问道。

"日程似乎已经决定了，由于担心不利于警备，所以具体时间没有通知咱们这边。"

护士们匆匆告诉佳代然后离开了，这时，同班的梓走了进来。

"我说，梓，之前那个视频怎样了？"虽然房间里并没有其他人，但佳代还是小声询问道。

梓瞬间恍惚了一下，然后立刻回想起来，她也小声地回答说："我还没有跟任何人说过。重新看的话，确实像来访者拍摄的，除了我之外并没有其他人看过，后来观看次数也没有增加。"接着她用更低沉的声音继续说道，"比起这个，因为是你我才说的，之前跟我男朋友一同拍摄视频的朋友中，有一人因为倒卖赃车零件被抓了。当然了，这种事自然和我男朋友无关。但是我不想因为这种影片，让他被警察联系上。"梓的表情变得阴郁起来。

佳代整理完病历，对梓说了句："那先走了。"然后前往更衣室。她在更衣室的洗脸台画上淡妆。

她从后门走到停车场时，一名初中生模样的女孩站在那里。佳代以为女孩走错了入口，便叫住了她，但回过头的女孩明显受到了惊吓。

"三叶？"

女孩是帮自己针灸的领班服部的孙女。不过由于最后一次见到三叶，还是在她背着小学书包的时候，看到一头栗色头发的女孩，佳代其实也只是半信半疑。

"你是三叶吗？"

佳代探头看向女孩的脸。三叶点头答道："是的。"

"哎呀——好久不见。你还记得我吗？你是过来找姥姥的吗？哎呀——你变得好可爱。简直跟明星一样。"

或许是出于怀念，佳代喋喋不休地说个没完。三叶似乎还记得佳代，她老成地打起招呼："真是好久不见。"

"三叶，你现在几年级了？"

"初二。"

"哎呀——真的变得好可爱。啊，对了。你在给杂志当模特吧？我听你姥姥说过。听说你在购物中心，被东京来的摄影师相中了。"

"那都是以前的事了。是在我小学六年级的时候。"

虽然这样说，但三叶看上去很是引以为傲，她撩动栗色长发的样子，简直就是模特的范儿，这让佳代感到欣慰。

"现在已经不做那种活动了。"

"活动？"佳代不解其意，反问道。

"我已经不再做那种单次模特了，我现在在为正式出道做准备。"三叶解释道。

"正式出道？是要做艺人吗？"佳代问道。

"算是吧。我正在大阪的表演公司学习研修课程。"

"这样啊，好厉害。以后三叶就能在电视上唱歌了吧？"

"应该会吧。"

佳代外行的提问让三叶感到吃惊，她转换了话题，三叶果然是在等服部，然后两个人要前往补习班的说明会。

"我帮你把姥姥叫出来吧，估计是被谁给叫住了。"

佳代迅速跑回养老院。走到办公室的时候，刚好巡房结束的服部走了过来。

"三叶在外面等你。"佳代说道。

"她已经来了？竹本先生又吐了，稍微有些手忙脚乱。"不知为何，服部相当震惊，手上的文件夹差点掉落，"对啊，是今天，差点忘了。"

分明是在惺惺作态，但佳代还是切换话题道："好久没有见到三叶，刚才真是吓了一跳。变得好可爱啊。"

"其实我也不太清楚，她好像在学校很受男孩子欢迎，现在有些得意忘形。还说自己有粉丝了。"

虽然服部皱起眉头，但看起来开心。

"三叶说要当艺人了？"佳代突然想到此事便随口问道。

服部似乎支持三叶这样的选择，回答说："是的。不过我认为不会那么容易。"随即，她露出了担心的表情。

"那么可爱的孩子，你有什么可担心的？"

"是吗？不过我真心希望她能在学业方面多下点功夫。"

佳代对正在换衣服的服部打过招呼，然后先行离开了。等她再次回到停车场，三叶的身影已经不见了。

佳代坐上车，做了一个深呼吸，接着打开那个视频。镜头慢慢地接近建设在山丘上的枫叶园。

〇

圭介从满是文件的办公桌上，找出一份卷宗。空调有些奇怪，刑事科内部充满了霉菌与汗液的臭味。

"又让你来弄？"

突如其来的声音令圭介回过头，貌似又是被上司叫过去的竹胁部长站在原地擦着额头上的汗。

"那是松本郁子的卷宗吗？不是已经提交过了吗？"

嫌疑人笔录、自愿提交书、扣留记录、实况调查报告、回答报告、证人笔录、扣押物目录……实际上，堆积在办公桌上的所有东西，都是圭介花费数天整理出来的。竹胁拿起其中一册，随手翻阅了一下，结果直接扔在一旁。

"是伊佐美让你弄的吗？"

圭介突然有些困惑，然后含糊地回答了对方。

"嗯，行吧。那个家伙让你弄的话，你就试试看吧。总之，你要在这次的长官视察前，把今后搜查方针的方向汇报上去，不然的话西湖署就废了。"或许是刚一说出口就感受到愤怒，竹胁咂了下舌，"话说回来，这屋子真够臭的。喂，把窗户打开吧！"

听到竹胁的声音，窗边的刑警们慌忙打开窗户。可即便有风从窗外吹进来，警署内的空气依旧浑浊不堪。

"那个……"

生活安全科的女刑警这时走了进来，然后对众人说道："接待处有个人想聊一下关于枫叶园的事。"

"那人是谁？"最先做出回应的，是女刑警身后恰好刚回办公室的伊佐美。

"好像是枫叶园的看护师，说想见本案的负责人。"

纳闷的伊佐美向圭介投来目光，但圭介也不晓得会是谁。

"总之先去看看吧。"

竹胁催促道，但圭介觉得现在应该得不到值得期待的情报。伊佐美似乎也有着相同的想法，于是把这份工作推给圭介说道："你去吧。"但转念一想又改口说，"不，算了。我和你一起去吧。"然后极不情愿地走出办公室。圭介紧跟其后。

历经沧桑的西湖署，楼梯是石头制造的，大理石扶手摸起来冷飕飕的。走下楼梯，就是一楼接待处。交通科的服务台前人声嘈杂，挤满了前来申请工程相关许可证的从业者。走过这里就见不到什么人了，在自动贩卖机旁边站着一个女人。

就在此时，圭介停下脚步。伊佐美并没有注意到停下脚步的圭介，隔着一个台阶跳了下去。望着窗外的人注意到圭介他们。

果然是那个人女人——佳代。

圭介也走到楼下。顿时，他觉得自己一定要抢在伊佐美之前行动才行。但很不巧，他险些撞到上楼的女警。

率先下楼的伊佐美已经走到佳代面前。

"伊佐美前辈！"

圭介不假思索地喊了出来。伊佐美回过头，但他没有多想，直接对佳代问道："你是枫叶园的人？有话要说？"

圭介跑到二人中间，伊佐美直接把要冲过来的圭介推到一边。

"你要说什么？"

伊佐美再次问道。佳代微微低头，然后看向圭介。

"……你想说什么啊？"

无视圭介的伊佐美继续质问道。佳代则目不转睛地盯着圭介。

"啊，明白了。讯问的时候，是这个家伙问的吧？"伊佐美似乎注意到了佳代的视线，然后自我介绍道，"我也是负责此案的，鄙姓伊佐美。"

"那个……我有个东西想请你们看看。"

佳代刚开始说话的时候，在服务台提交完道路使用申请书的工人，很没有眼力见儿地穿过圭介等人中间，走到自动贩卖机的前面。

圭介他们也不知道怎么回事，就这样等待着那名工人购买无糖红茶。刚投进去的百元硬币掉到退还口，一脸困惑的工人再次将硬币投了进去。

等男人离开自动贩卖机后，伊佐美问道："什么？不好意思……你刚才说了什么？"

佳代慌忙从皮包里掏出手机，她花了很长时间操作着手机，连手指都颤抖了起来。

切换过来的画面里，播放的是镜头接近建在山丘上的枫叶园的视频。镜头慢慢绕到后方，然后是走进紧急出口的画面，到这里视频就结束了。

"我在看其他YouTube视频的时候，碰巧看到的。虽然我觉得和市岛先生的案件没有关系，但是视频结束的地方，恰好就是市岛先生所在的一〇八号房间的前面……"

圭介听到佳代解释的时候，悬着的心总算放下了。在见到佳代的瞬间，他下意识地警戒起来，生怕对方是过来反映自己之前的所作所为。

圭介和伊佐美把这个一分钟不到的视频，足足看了两遍。这个视频与其说是凶手行凶前拍下的，不如说更像是访客闹着玩儿拍摄的。

"不过，算是有调查价值的东西。"

听完伊佐美的话，佳代递给他一张便条，上面写着视频的具体网址。

"那我先上去了，让大家也来看看这个视频。你再跟这位女士详细地聊一下。"接到便条的伊佐美向楼上走去。

只剩他们二人时，圭介再次看向佳代。

佳代继续低着头，并没有抬头。

"为什么突然跑过来？"圭介小声斥责道。

"对不起。我只是认为这个视频可能和本案有关。"

"即便如此，你也可以通过短信事先和我取得联系啊。"

谈话间圭介也冷静了下来。他推了下佳代的肩膀，让她跟着上了二楼。

走廊上的审讯室都是空的。圭介让佳代走进最里面的那间，然后关上了门。

"你真的认为那个视频和本案有关吗？"圭介刚关上门就如此说道。佳代本想反驳，但却闭嘴了。"算了，先坐吧。"圭介语气粗鲁。

他推着一动不动的佳代，强行让其坐下。圭介绕到她的面前坐在自己的位置上，小小的桌子上方露出了他的上半身。圭介探出头看着佳代垂下的脸，双方就这样保持着沉默。

也不知道持续了多长时间，佳代似乎是受不了那不客气的视线，小声抗议道："请……请你说点什么吧。"

即便如此，圭介还是不肯开口。

"我是鼓足勇气来到这里的。"

佳代的声音颤抖得很厉害。

"那我问你,你有什么想说的吗?"

圭介慢悠悠地问道。似乎陷入混乱的佳代"啊?"了一声,便又陷入沉默中。

"不是吧?你不是有话想对我说吗?是你有话要对我说吧?"

圭介似乎清楚佳代此时的处境。

"你有话想对我说吧?因为有话想说所以才过来的吧?"

"为什么……为什么你总是说出过分的话?"

"不对,你不是跑过来说这些的。你是认为那个视频有助于我们的调查,所以才过来的吧?"

这句话让佳代紧绷的肩膀多少有些放松。

圭介把手伸到佳代的胸前,解开她衬衫的第二颗纽扣。只有胸口处被敞开了,并露出了雪白的肌肤。佳代用力咬住嘴唇,没有做任何抵抗。

"很舒服吧?"圭介问道,"像这样,在我面前一动不动。叫你去湖边时,你不是也去了吗?这里便是你的归宿。"

又一颗扣子被解开。由于最上面的扣子还扣着,所以胸部看上去相当拥挤。

"湖畔购物中心的那位,是你夫人吧?"

佳代用手按在敞开的胸部上,但并没有合上扣子。

"是我夫人又如何?"

"那就请你不要再做这种事了。"

"你说让我不做？这也太奇怪了。你不来就行了啊，无论是湖边还是这里。"

佳代突然站起来，想要扣上纽扣。挂在手腕上的皮包晃动得很厉害，令她有些行动不便。

"就这样别动。"圭介发出命令。

佳代竟然听话地停住了。

圭介拿出手机，把镜头冲向佳代。佳代无法判断将会发生什么事，只是呆呆地站在原地。

圭介拍下她此刻的样子。清脆的快门声让佳代突然回过神来，她用皮包遮住胸口想要离开审讯室。圭介抓住她的手腕，野蛮地亲吻着她。

那是一个相当漫长的吻。

第 4 章

当年的丹顶鹤

"秋野奶奶，您再稍微忍耐一下……抱歉，弄疼您了吗？"

佳代抱起瘫痪在床的患者的上半身。搭在佳代脖子上的秋野昌子有着纤细的双臂，冰冷的皮肤滑过她的颈部。

"不好意思，在这么晚的时候弄这种事。再等一下就好了，替换好床单就舒服了。"

床的另一侧，领班服部迅速地换掉弄脏的床单。原本应该在患者身体左右翻转时更换传单，但只有对待秋野，佳代才会选择将其抱起。单纯是因为秋野希望佳代这样做，一旦知道要更换床单时，她就会把纤细的双臂伸向佳代。

佳代弯下身子，搂住秋野单薄的后背。秋野就像要把自己的全部送给对方一般，将身体交给佳代。那种重量，宛如小孩子从围墙上飞入父母怀中，令人无比的信赖。

自从从事这份工作后，佳代不是通过大脑，而是通过身体清楚地明白了"任其摆布"这个词的含义。自己要有任其摆布的觉悟、相信对方的觉悟，以及接受对方的觉悟。当然这个所谓的对方并非只是像佳代她们这样的工作人员。入住这家养老院的老人们，就和接受佳代这些员工们一样，他们也做好了接受自身死亡的准备，成为这家养老院真正的入住者。

换完床单，梳理好秋野的头发后，佳代关上房间的灯。在短暂的休息时间里，佳代往杯子里倒入带来的生姜茶，然后看向漆黑的窗外。孤零零发出光亮的路灯，照亮了空旷停车场柏油路上的"P"字。此时响起了收到信息的提示音。现在已是晚上十一点多了。

"何时见面？"

是圭介发来的。佳代立刻把手机放回口袋。这是从西湖署回来后收到的第一条信息。

从警署回来已过去三天。她像是想要忘记此事似的，喝着生姜茶。但喝着喝着，她又想起对方有可能是为了那个视频才发信息的。

最终，佳代回信了。她说自己从晚上要工作到第二天早上五点，中午之后可以前往西湖署。

对方回信的内容则是，会在早上五点之后，在之前叫她去过的湖岸等她。

佳代这次没有回信，取而代之的是再次陷入平常的幻想之中。

就是在她还小的时候，奶奶讲过的天狗传说。某一天，村中的少女失踪了。村民拼命搜寻可始终没有发现少女的踪迹。就在这个时候，少女在森林中苏醒了。被黄昏笼罩着的森林中，少女被一个奔跑之人仿若包裹一般抱在怀中。那人有着很粗的臂膀，可是触感却意外柔软。由于天色过暗，她无法看清对方的脸。

"你是何人？"

听到少女的询问，那人突然止住步伐。

"老夫是天狗。"

说完这句话后，他再次跑向森林。

被天狗掳走的少女就是佳代。佳代知道自己之后会怎样，也知道天狗会对自己做些什么。不，她并不知道自己会被天狗做些什么。

天狗在森林中不断奔跑，速度快到根本无法看清周遭的景色。想分一杯羹的狼群紧跟其后。

"实际上，天狗这玩意儿，既不是怪物也不是妖怪。"突然传来奶奶的声音，"他其实是修验道[1]的山伏，在经过残酷的修行后，变成了恐怖的样子。天狗并不恐怖，所以小佳代可以放心睡觉。"

年幼的佳代睁开眼睛，奶奶的手温柔地抚摸着佳代的小肚子。

"我要是恐怖的天狗就好了！我想被恐怖的天狗掳走！"

瞬间，佳代仿佛听到了自己的喊叫声，她立即捂住嘴巴。万幸，休息室里并没有残留自己的声音，但她还是不由自主地来到走廊抬头确认。

我不可能会去，我不可能会去——佳代在自言自语中抵达湖畔，

1　修验道是日本独有的宗教信仰形式，在山岳信仰的基础上融合了密教与道教的元素。其修行者被称之为山伏。这种信仰中，最出名的神当属天狗。——译者注

这里正被清晨的浓雾所笼罩。对岸的山峰散发出微光，照亮了湖面上的雾。

停在一旁的汽车上不见圭介的身影。佳代停好车，就这样坐在驾驶座上没有出去。她感受到夜班的困意以及疲劳感，她已经不想再思考自己为何非要来这种地方了。

突然有人敲车窗，佳代抬起头。圭介站在眼前，也不晓得他之前在哪里。他似乎也是刚上完夜班，脸颊上还有胡茬。圭介坐上副驾驶，狭小的车内能闻到他身上的气味。

"闭上眼睛。"

圭介的声音听上去有些疲惫。涌上的疲倦感让佳代难以抗拒，于是她闭上了眼睛。突然，圭介身上的气味变重，刹那间，什么东西罩在了佳代的眼睛上。那是如丝织品般冰冷的触感。视线被完全夺走后，只剩下男人身上的气味。不可思议的是，佳代并没有感到恐慌。

"什么事都能做？"

耳边传来低语声，佳代点了点头。她已经不再思考自己为何点头了。取而代之的是，奇妙的话语出现在心中。

"你说什么我都照做。你说什么我都会照做。"

当佳代在心里不断重复着这句话时，不知为何她感觉身体变轻盈了。

"脱掉。"

圭介的这句话并没有让佳代感到惊讶。她老老实实地解开扣子……她明明内心平静，但身体却汗如雨下。

这时，她听到按下摄影功能的声音。她的身体瞬间发僵，但一想到眼睛被罩住就没什么大不了的了。只不过自己满身大汗。脖子、肩膀、大腿，她能清楚地感知到镜头冲向哪里。

"现在，在录像。"

听到圭介的话，佳代点了点头。

"把眼罩摘掉。"

听到这句话的瞬间，佳代的身体稍微抽搐了一下。那是她从未感受过的恐怖感。佳代在等待下一句话。除此之外，她什么都做不了。但是无论怎样等待，圭介都不说话。不喜欢的话就算了——他并没有说出让佳代解脱的话，但也没有粗鲁地扯下佳代的眼罩。这是在无声地逼迫佳代——决定这样做的人是你。

"你就认命吧。"

不知过去多长时间，总算听到了圭介的声音。佳代在眼罩下睁开了眼睛。布料的另一侧是明亮的，太阳似乎又向上升起了一点。摘下眼罩意味着什么？只是稍微想一下，佳代的身体就颤抖起来。

"你不相信我？"听到圭介的话后，佳代摇了摇头，"那就是能照我说的话做了？你已经是我的东西了。从每一根头发到脚趾。既然如此的话，你就做好觉悟吧。"

佳代思考着觉悟是什么意思。浮现在她脑海中的是看到这段视频的枫叶园同事们的表情、是高中同学们的表情、最重要的是父亲与邻居们的表情。

刑警现在并没有强迫我摘下眼罩。他让我做出觉悟。让我舍弃现有生活的一切。

舍弃你的人生、舍弃你负担的全部吧。将的你人生、你的负担，全部交给我吧。

不知为何，越是理解觉悟的意义，佳代的身体就越是颤抖。她觉得自己犹如连眼睛都没有睁开的小猫一般，不知被谁在用舌头舔着全身一样。

佳代伸手抓住眼罩。满是汗水的腋下暴露在外，感受到一股寒气。

如果真的摘下眼罩自己就完了……这辈子就要对此人言听计从了。

想到这里的瞬间，身体的内部就像水果般熟透了。眼罩脱落。眼罩的另一侧，是明亮的群山。

"你叫什么名字？"

视线模糊的佳代，听到圭介的声音，她不自觉地想要遮挡胸部。很快，她的手就被挪开了。

"丰田，佳代。"佳代说出自己的名字。

刚一说出口，她整个人变得纯白。犹如全部情感都消失了一般。分明就没有感情，但却感到兴奋。是那种羞耻般的兴奋。当然了，理智告诉她，自己一定会后悔。她知道这段视频不会消失，但正因此，仿佛让她得到了解脱，让她的人生得以终结。想到这里的时候，在感受到恐怖的同时，佳代觉得自己其实也在期待着这些。

按照他所说的，佳代说出自己的住址。她一边说着自己的名字一边微微颤抖。只要一想到这样的视频留在他手上，佳代的身体就因为恐怖以及些许喜悦而颤抖。

自己的一切全都交给了他。

自己的尊严以及人生的一切全都交给了他。

仅仅想到这里，佳代便感觉自己被紧紧抱住了一样。

实际上，圭介连她的一根手指都没碰过，即便如此，她还是觉得自己被紧紧抱住，身体无法动弹。

她清楚这份喜悦只能存于当下，上次她被放回家后，就是被恐怖的悔意打击到情绪低落。然而即便如此，她依旧无法在镜头前说出自己的名字。她难以跟个荡妇似的，露出自己的身体，以道歉的口吻恳求道："请原谅我。请原谅我成为这样的女人。"

对岸的群山山脊，看上去宛如冻僵的动物蹲伏于此。

之后，圭介把佳代拉到树荫处。像丢弃一般将她推到地上。冰冷的土地让佳代的身体瑟瑟发抖。

圭介粗鲁地把他火热的胸膛狠狠地压在了她的身上。

佳代的后背被小树枝刺中。

"非常抱歉，我成了这种女人。请原谅我。请原谅我。"

佳代越是道歉，圭介就越是兴奋。

"在男人面前露出这种表情，你不觉得丢人吗？"

"你现在的样子很惨吧？"

"你也太不知羞耻了。"

"你压根儿就不配当个人。"

翻云覆雨中，相互摩擦的腰骨、大腿，犹如体液般融化。

"从今天起，你的全部都由我来决定。你就是为此而生的。"

○

"这绝不是什么万幸没受重伤之类的问题！"

走进时隔数日的编辑部，池田听到了小林刺耳的怒吼声。从对话的内容就能听出，小林是在为自己的事，对渡边主编提出意见。

"不，这事我清楚。之后的事还得听本人的意见。"池田也能听到渡边的声音。

"根本就没必要去问，取材这才刚开始，还什么都没查到呢，池田就被不知从哪里冒出来的家伙拽进车里，丢进了神田川。幕后黑手绝对有极其强大的情报网！要真摔个好歹的，他有可能就没命了！这可事关员工的性命啊！必须立即和药物伤害事件切断联系，总之不能让池田再接触此事了！"

池田虽然来到编辑部但却无事可做，他只好先偷偷摸摸地来到自己的办公桌。好在被扔进河川后造成的擦伤如今已经痊愈。而且这些擦伤还是在路人营救时，从河里捞起来的过程中造成的。也就是说，被人扔下河，池田除了弄湿全身外，并没有受伤。

救上岸后，池田被好心人叫来的救护车带走了。公司接到通知时，乱成一团。渡边总编火速赶往医院，让池田好好休息，他很听话地照做了。今天其实是池田出院后第一天上班。

池田一边听着小林的抗议，一边打开邮箱。对于小林的担忧，他发自肺腑地表示感激，老实说，这还是池田成为记者以来，第一次对负责的事件产生兴趣。

这自然有被不知名的人扔进河里这种戏剧性遭遇的原因，但更重要的是，事发后的第二天早上，西湖署退休刑警河井发来的当年药物伤害事件的搜查资料中，出现了出乎意料的内容。

休息期间，池田独自调查过这些资料。今天他就是为了这些报告，比预定时间早一天来到编辑部。

趁小林和渡边争执结束的间隙，池田带着资料朝二人走去。他们似乎没有想到池田会出现在公司，因此吓了一跳。池田还没等他们开口，便递出资料说："那个……我已经回来了。"

渡边条件反射性似的接过资料，然后突然回过神般，重新看向池田："你没事了吗？"

"是的。我已经没事了。"

池田细声细语地回答道，一旁的小林插嘴道："没事？怎么可能没事啊？"但她或许从骨子里就是个记者，她也望向池田递出的资料。

"这是当年西湖署关于药物伤害事件的部分搜查资料。荧光笔标记的地方，我想请你们看一下。"池田开始了单方面的说明。

"你等一下。都说不让你参与此案了。"小林虽然嘴上说着这句话，但脸已经凑近那些资料阅读了起来。

搜查资料上依次写着如下内容：

当年西湖署的搜查本部已经得到宫森勋与制药公司MMO之间的通信往来以及详细的会议记录。这是一个铁证，二者明知道血液制剂会对患者造成巨大的副作用，却故意不停止实验。

但就在准备对相关人士集体问话的时候，政府方面对警视厅做出指示，中止立案调查。

提出中止指令的罪魁祸首就是时任厚生大臣的西木田一郎。西木田一郎从MMO那里获得了大笔政治捐款。

"总而言之，原本我就猜测该案件的背景或许就是如此。通过当年保存的资料来看，证明了事实和我猜测的一样。"池田说完这句话后，又继续说道，"我趁着休息期间，调查了当时明知道这种血液制剂有强烈的副作用，可依旧推动临床试验的宫森勋医生的背景关系，原来宫森勋出生在A国，他的父亲在返回日本后，跟涩井会医院的创立也有关系。"

"父子两代人都是涩井会医院的医生，这种事没什么稀罕的吧？"小林插嘴道。

"确实如此，不过我调查了另一个登场人物，也就是西木田一郎。我发现他其实是段田信彦的儿子。"

"段田？这人谁啊？"这回换渡边催促道。

"段田信彦是旧长州藩士段田四郎的孙子。原本是大藏省的官员，曾调任过前往A国中央银行。回国后甚至担任过第八银行的行长，是金融界的人。父子之所以姓氏不同，是因为西木田继承的是母亲家的姓氏。"

"因为离婚了？"

"不是的，因为他父亲的身份比较特殊。我趁休息期间，调查过宫森勋和他的父亲、涩井会的会长，以及段田信彦与西木田一郎这对父子之间过去有着怎样的联系，然而信息被处理得相当彻底，完全找不到相关记录。明明都是一些大人物，但无论怎么找资料，也只能找到回国后的信息。就在我无计可施的时候，突然灵光乍现……我之前说过，就是在旧琵琶湖饭店的特别展示厅里看到的那张照片。在那张晚宴照片里，有段田信彦、涩井会的会长，以及另一个案件中出现的在枫叶园去世的市岛民男与他的夫人。于是我调查了市岛民男那边的情况。没想到出现了令我在意的东西。我认为没有那个特殊身份，仅仅是进入京都大学研究室的市岛民男，关于他过去的信息并没有被抹除，而是被保留了下来。"

池田将一直拿在手中的最后一份资料递给二人。在看到上面所写的内容后，二人大感吃惊。

枫叶园案件的被害者市岛民男是日本当年某件重大政治丑闻的幸存人员。这样一来，和市岛民男有联系的涩井会医院的创始人，以及西木田一郎的父亲段田信彦，有极大的可能是通过某种形式与他产生了关联。

药物伤害事件案发时，他们拼命想隐瞒的，或许不仅仅是血液制剂造成的副作用，还有他们并没有得到该有的惩罚的这个事实。

转天清晨，池田接到了小林打来的电话。

市岛民男的女儿市岛小百合给编辑部打来电话。说那位叫作松江的文雅老夫人似乎有什么话要对池田说，如果他人在附近的话，请务必见上一面。

"和案件有关吗？"池田问道。

"这个嘛，反正听上去不怎么着急。说你有时间的话，可以随时过去。你果然还是老样子，深受采访对象的喜欢。我不过是趁着还没忘记这事，跟你说一下。"

○

抱着膝盖坐在拘留室硬邦邦地板上的佳代，听到了从远处传来的脚步声。

她以为是过来喊自己接受审问的。佳代从上午开始就一直等待的负责人，只跟她说明如果想要内裤或是其他什么东西，可以花钱购买。

佳代有些沮丧，但还是买了内裤和毛巾。发给她的洗漱用具中其实也有毛巾，但她抗拒用同一条毛巾擦拭全身。

佳代在枫叶园的休息室里滚动着身体，继续开始那一如既往的幻想。

眼前是乳白色墙壁，已经风干的油漆呈鱼鳞状浮现在墙壁上。她试着用指甲抠这些油漆。乳白色的鳞片从墙上脱落，相当好玩。

佳代曾经在官能小说和博客中拼命寻找和自己有着相同爱好的人，在那段时间里，她得知了Imiule这个网站。

然而，无论阅读多少反常行为的官能小说，还是观看再多描绘着"捆绑之美"的博客，她都没有找到符合自己的内容。

她想要找到那些寻求更差劲、更肮脏、更过激的人。找到的话，那一定是自己的这番模样。

在家里自不必说，不知不觉中，就连上班的休息时间里，她都会用手机搜索相关内容。

就在这时，她发现了这个名为Imiule的网站。这是类似推特或者Instagram的网站，对性方面的内容管理非常宽松，全世界的人都会在这里上传各种各样的视频或者图片。

在这个网站上，有一个网名叫作"无限"的投稿用户。

无限上传了一个被命名为"蜜"的女人的动态，每天都会更新照片与视频。

佳代最开始看到的是这段投稿：

蜜完全堕落了。

她终于想要暴露自己了。

她想把个人资料都公之于众，让自己的人生完蛋。我还给她文身了，她无法再回归正常社会了。我问她，想不想放弃当人，一生都成为我的玩物？她喜极而泣地说愿意。

这段内容中，究竟哪段是现实，哪段是虚构，佳代难以判断。

这个世界果真存在持有如此愚蠢想法的女人吗？果真有能够满足如此愿望的男人吗？

时间不同，佳代的回答也会有所不同。有的时候，她会觉得这个世界上不可能存在脑子如此奇怪的人。但在公开的照片中，她能清晰地看到那些女人的脸。

也就是说，她们是存在的。不然的话，是无法拥有如此清晰的照片并且写出那些内容的。在与这条沿湖公路相连的某座城市里，一定有一群人此时正沉迷于某种肮脏的愿望之中。

不经意间，佳代读完了"无限"全部的投稿。

佳代彻底被此人的内容所俘虏，她屏息凝神地等待着最新的内容。

那个被赋予"蜜"之名的女人，分明就是佳代自己。蜜所恳求的言语，也是佳代的心里话。

圭介用手指一挑，真丝围巾从肌肤上滑过，佳代闻到了浓郁的花香。

拜托你了。

在那个网站里，蜜羞耻且贪婪地恳求着那个人。

请从我身上夺走触摸的喜悦。请让我变成只有你才能触摸的肉体。

佳代跪在圭介的面前，闭上了眼睛。

圭介的手掌遮住了佳代的眼睛，她的眼底犹如直视太阳般火烫。

请遮住我的眼睛。

拜托你。

蜜痛苦地扭动着身体哀求道。

请从我身上夺走能够见到美好事物的喜悦。请让我变成只能看到自身耻辱模样的人。

圭介给她戴上皮革眼罩，上面散发着强烈的皮革臭味。

在视觉被夺走的瞬间，佳代见到了本应看不到的湖。夏季的湖面上，闪烁出连一直住在湖畔的佳代都不曾见过的光辉。

唯一自由的嘴巴，突然被圭介用手掌捂住。

佳代慌忙呼吸着。然而无论怎样吸气，从圭介指缝中透出的空气都少得可怜。

她逐渐变得难受。分明如此痛苦，但脑海里又回响起蜜的声音。

请捂住我的嘴巴。

请让我无法说话。让我只能听到你的声音。

你真是无药可救了。太下贱了。坚持到现在只是想变得舒服吗？

如果是这样的话，你就给我老实点。变得更加堕落吧！

无论那是"无限"的声音还是圭介的声音，都无所谓了。佳代好像就在蜜的身边一般，成了被剥夺自由的女人，并且恳求道："请给我更多的束缚，请剥夺我更多的自由，我可以做任何事，我可以做任何事。"

蜜的眼睛是绝望的，佳代很是嫉妒那份绝望。在她看来，尚不清楚绝望快感的自己，是非常懒惰的生物。

你是怎样一个女人？用你的嘴巴好好说出来。

捂住嘴巴的手离开了，她猛烈地晃动着肩膀大口呼吸。

她不清楚刚才听到的声音究竟是圭介的，还是"无限"的。

她不清楚刚才混乱的呼吸究竟是自己的，还是蜜的。

你想公开全部的个人信息，让自己的人生毁灭吗？毁灭的人生，会是怎样的感觉呢？稍微想象一下，没有工作、生活、责任、义务，是不是就没有活下去的价值了？那就跟橱窗里摆放的玩具一样，已经不属于人类了。不过，你不就想变成那样的东西吗？你认为如果那个样子就好了。这就是你想要的幸福吗？是不是想让别人看到你被夺走自由的样子？

幸福这个词，突然让佳代警觉起来。

并非如此。

如此肮脏不堪的愿望是不可能幸福的。然而，越是如此抗拒，幻想中待在监狱，被夺走人生的自己……看上去越是幸福。

幻想中，负责人的脚步声再次靠近自己。待在拘留室的佳代不由得站了起来。

难以忍受等待的佳代，将脸压在栏杆缝隙时，她看到两名警官以及那个叫作伊佐美的刑警正在走廊上。

他们的身后并没有出现圭介的身影，这让佳代感到失望。

"从栅栏上离开。"

站在栅栏前的警官发出命令，吓得佳代连忙退到房间的中央。

"现在要带你去审讯室。"

走进拘留室的年轻警官给她戴上手铐和腰绳，然后将其带到走廊上。

伊佐美和另一名警官在等着二人。伊佐美问道："有没有休息会儿？时间会很长的。"

听到这话的佳代并没有吭声。

被按住后背带去的场所，是狭小的审讯室。狭小的审讯室里装有毛玻璃，而且内部很明亮。白色的墙壁上贴有一张关于这一带的老旧地图。

"坐在这里。"

警官解开她身上的腰绳，伊佐美替她拉动椅子。

佳代按照对方的话坐了下来。

"今天就依照丰田女士的要求，让滨中负责此次的审讯。所以请像自首那天一样，好好地再说一遍。"

伊佐美在说完此话前打开了房门，圭介进来了。

疲惫不堪的神情，反倒令他的眼睛显得炯炯有神。

佳代吞咽了一口唾液。

伊佐美并没有特别跟圭介说什么，就离开了房间。拘留室的警官们也跟着伊佐美离开了。

当房间只剩下两人后，圭介将带来的文件夹啪的一声扣在桌子上。然后粗鲁地拉开椅子，自己也坐了下来。

"现在开始审讯。如果你所提供的证词在裁决中出现不利……"

面无表情的圭介说到这里时突然停了下来，他直勾勾地盯着佳代的眼睛。

佳代似乎想立刻逃避他的视线，但却被命令"看着我"。

一想到要被圭介盯着，她的身体就开始颤抖。佳代希望他能快点开口说些什么，无论圭介说出什么，她应该都会照做。

圭介发出笑声。

"没有人能想到，咱们会在这里产生那种念头吧？"圭介把文件夹粗暴地合上，然后将脸凑上去，"你，其实很兴奋吧？看你的表情就能知道。是不是想让我立刻对你做那种事？"

在这样的场所听到圭介如此直接的话，这让佳代感到恐惧，同时也让她的身体燥热起来。

"绑上腰绳夺走自由，受男人斥责，被人羞辱，这些都是你喜欢的东西吧？这里尽是些令你感到兴奋的东西……连我都神清气爽了起来。"

佳代看向墙壁。虽然只是普通的墙壁，但墙上的某处或许藏有隐蔽的小洞，刚才那个叫作伊佐美的刑警或许正在偷窥这里。

墙的另一边，也能听到圭介的声音吗？也能听到自己的心跳声吗？

"摸桌子下面。"

一时间，佳代不明白他在说什么。

"给我摸。"

佳代再次看向墙壁。如果那里有偷窥孔的话，自己看上去会像怎样的女人呢？

佳代缓慢移动着放在大腿上的右手，但猛烈的颤抖令她难以移动。

手伸进两腿之间，手指冰凉到几乎没有感觉。

然而与手指感觉相反的是——紧张感消除了。

结束了。真的结束了。所以什么都不用考虑了，只要照他说得做就行了。

一想到这里，她感觉自己仿佛被紧紧抱住。

你不用担心任何事，一切都交给我即可。

当她睁开眼睛的时候，圭介站了起来。他粗鲁地推开廉价的桌子，站在佳代面前。

佳代的下巴被死死地按住。

她拼命忍住想呕吐的冲动。

害怕被人看到自己这副模样的羞耻心，以及想要别人知道自己是圭介的人，两种欲望掺和在一起。

她的脑海里只有一个想法：不想让圭介中途离开。

"听好了，我再问一遍。你有何意图？你打算干什么？"

圭介询问道。不过，他的眼神似乎在说你想做什么都无所谓。又像是说无论佳代怎样回答，接下来的状况都不会有任何变化。

"那个……"

佳代想说些什么，但怎么都说不出口。想说的话明明都到嘴边了，但就是说出不来。

最终佳代还是慢慢说出了口。她一字一句，没有丝毫错误地表达了出来。

"我无法再去思考其他事情。无论是上班还是在家里，都无法再思考任何事。"

"什么事？"她总算说出了这些话，圭介则火速追问道。

"就是……"

"我说，你知道这里是什么地方吗？这里可是警察署。小瞧这里的话，可是会自找苦吃的。"

佳代当然知道这一点。虽然清楚这些，但她却无可奈何。

圭介死死盯着对方，佳代拼命强忍着不离开他的目光。

"就问你一个问题。你该不会是为我才这样做的吧？"一时间，佳代不明白他在说什么，"你该不会是为了帮助找不出真凶的我，才做出这种蠢事吧？还是说，是为了更低贱的理由做出的这种事？"

佳代感到一阵混乱。她知道对方提出的问题是什么意思，但大脑中却没有答案。

圭介不知怎么回事，竟背靠墙壁抱着头蹲在了地上。

佳代认为坐在椅子上的自己很不自然，慌忙中，她也蹲在了地上。

圭介抓住佳代的手腕，让她坐到自己身边。坐在狭小审讯室的角落里。

"真是不可思议。回想起最开始见面的时候，怎么也想不到会有今天这种情况。"圭介自言自语道。他眼前的折椅腿上，不知为何被缠着胶带。"我第一次和你见面时并没有什么印象。直到发生那场车祸的晚上，我才注意到你。你在大雨中撞了我的车。"他突然想起此事，并笑了起来，"为什么那样做？为什么会变成这个样子？那个时候，我只是觉得你是一个迟钝的女人。"

"我也记得。咱们第一次见面的时候。"佳代背靠墙壁缓缓说道。

"是在枫叶园问话的时候吧？你肯定记得。毕竟被警察问话可不是常发生的事。"

"我见你一边听我们说话，一边记笔记。上面写满蚂蚁大小的文字。"

"啊，那个啊。经常有人说看不懂。警方的那些文件，上面的填写栏都很小，所以我的字在不知不觉中也跟着变小了。警察的工作，就是整天填写文件。"

外面起风了，窗外的树木就跟如同缠在铁栅栏上一样，树叶在不断摇晃。

"……咱们，也是头一次像这样说话吧？"圭介突然抬起头，"简直就像第一次约会一样。在第一次约会的时候，不就经常聊这种话题吗？第一次见面对彼此之间的印象之类的。"佳代没有吭声，只是在听圭介说话，"一说这种话，你的脸立刻变得令人扫兴。"

听到圭介这句话，佳代慌了。事实上，她有种从令自己心安的世界中被拽出来的感觉。这种感觉就像自己从无须思考的世界中被拽出，然后被迫思考一样。这让她感到恐惧。

"我可不是那种人。"她脱口而出，"我并没有那种价值。"

"你说什么？"

"就是，我认为自己无法和你对等交往。"

"为什么？"

"为什么啊，那是因为……"

"因为你的身体是我的，你的人生是我的吗？说好了要为我而活？"

他说得没错，佳代坦率地点起头。

"我思考过关于幸福的事。思考过幸福对我而言是什么。结果发现幸福就是等待你联系我的时候，我希望这样的时间能够一直持续下去。"

这是她的心里话。终于说出这些话的佳代松了口气。

"我在家等你联系的时候，身体真的就像出神一般。我也会感到害怕。即便如此，我还是希望你能联系我。如果这种时间永远持续下去的话，我会变成怎样呢？我的身体真的会垮掉吗？但就算是那样也可以。如果能活在那种状态里，那就让身体垮掉吧。"

佳代一口气把这些话说出口。就在说完这些话的瞬间，她突然注意到一件事，变得惊讶起来。

还不够……

只是待在家里，还远远不够。

所以她才会来到这里。为了得到更强烈的刺激，于是跑来这里。

嘴上说什么都可以。

自己的身体和心灵都可以抛弃。我是为了你的快乐而活。我仅仅是为了这些而活。就算让我一生如此，我也无怨无悔。

是的，嘴上说什么都可以。

然而，只是嘴上说这些，是无法满足自己的。只是嘴上说这些，失去灵魂的身体就无法因为兴奋感到激动。

"我会陪伴你的。"

圭介突然开了口。佳代看向他时，他正凝视着绑着胶带的椅子。

"我会陪伴你的。虽然很麻烦吧，我也没想到你的状态会坏到这种地步。你是想毁掉自己吗？不这样做的话，是不是就没了活下去的动力？我似乎能理解那种心情，我也有过这种感觉。在大家面前，看到自己粉身碎骨的样子。"

圭介慢慢站起来，然后坐到自己的椅子上。佳代就如同被操控一般也回到了自己的座位上。

"那就开始吧。你为何要杀害市岛民男？"圭介缓缓地开口问道。

在监狱度过的一天，究竟是怎样的一天呢？被夺走一切的世界，究竟是怎样的世界呢？在只能思念一个人的人生中，自己的身体是否还能因为兴奋而感受到激动呢？

休息室里，佳代再次翻动身体。她已经分不清刚才看见的是梦境还是幻想。

佳代祈求休息时间赶紧结束。

○

"我之前打过电话。"

松江一边听着女儿小百合的汇报，一边喝着红茶。

"虽然不清楚您要说些什么，但那位池田先生可是来工作的，如果只是让他过来陪您聊天的话，会给人家添麻烦的。"

松江还是老样子，只要一听到女儿絮絮叨叨的数落时，就会感觉女儿的声音好像飘到了九霄云外。手持茶杯的热感以及阳光照进庭院的景色变得模糊起来——不知不觉中，当年的场景鲜明得宛如再次经历一般，浮现在松江的脑海中。

"松，用盆应该能更快些，但是太重了你搬不动。"

外面传来宫森三子随时都能笑出来的声音。

松江待在有着冰冷的三合土地面的厨房里，此时铁壶正冒着热气。越是冒着热气越说明三合土地面的冰冷，三合土地面越冷说明热气越烫。

松江取下卷在头上的手巾，把沸腾的铁壶从火上取下。玄关被人打开，三子顶着寒风跑了进来。

在寒冷的空气中，给屋后冻结的水管裹上布的三子，脸颊被冻得通红。一看到那张脸，松江便再度笑了起来。因为刚才三子还称呼自己是"阿龟[1]"。

"天冷到吓人。松，你还笑！"

1　阿龟是日本传统面具的一种。是具有圆脸，低鼻子，红脸颊的女性面具。有"丑女"的含义在里面。——译者注

假装生气的三子拍打着松江的后背，自己也忍不住笑了起来。

松江家和三子家共同使用的水管冻住了。在极寒的H市，有很全面的防冻对策，然而三子的儿子——即将步入初中的勋，以及他的朋友们却挖开冻土用来玩耍，导致埋在房屋后方的部分水管裸露在了地表外面。

"直接用热水浇下去的话，水管会裂开的。"三子追上手提铁壶走到外面的松江。

松江与民男在距离H市内十多公里的郊区开始了新婚生活，这里是民男的家属宿舍，占地面积相当大。在供水、暖气、电力完善的新房里，松江拿出了母亲赠予的有田烧[1]的餐具，还在卧室里装饰了江户切子[2]的洋灯。

建设在郊外的这片宿舍区，包含学校、医院、商店街、电影院、饭店等基础设施，大约居住着三千人。幸运的是，松江的邻居是与民男同科的两口子，女主人一直在帮助刚开始新生活，但不善于做家务的松江夫妇。名为宫森三子的女主人，总是拿皮肤异常白净的松江开玩笑，说她像个公主。每次松江都会羞红脸，这也会惹得三子大笑，不知不觉中，宿舍楼里的太太们都亲切地称呼她为"公主"。

1　有田烧是日本九州原肥前国烧制的一种瓷器，是日本极具代表性的瓷器。前文提到的伊万里烧就是有田烧的演变。——译者注

2　江户切子是江户时代末期在东京出现的一种做工精致的玻璃工艺品。——译者注

冬天的天空是明亮的，阳光照射在广阔宿舍区的残雪上，相当刺眼。不过正是这份寒冷，让路上空荡荡的。

手提铁壶的松江和三子一同绕到屋后，没想到一群太太们正围在露出的水管周围。

"露在外面的水管暂时用布还有手巾包住了，慢慢浇上热水试试。"

发出指示的是妇人会副会长泽天太太，她的手满是泥巴，红肿的样子看上去很疼。

松本忍着涌上来的笑意，按照她说的话，慢慢将铁壶中的水倒在水管上。

穿着防寒裤的太太们盯着地面，冒出的热气在西伯利亚寒风中渐渐散去。然后，水管修好了。

"大家都很冷吧？我家煮了红豆汤，大家过来吃吧。脏衣服就不用换了，直接过来吧。"

松江等人接受了泽田这次的犒劳。所有人朝泽田家走去，还在念初中的女儿照子正在大锅里加热年糕小豆汤。被冻到瑟瑟发抖的松江等人进屋后，女儿数好人头，准备盛小豆汤的碗。

"照子也去那边吃吧。"

这群太太们中，只有最年轻的松江留在三合土地面的厨房里帮忙，她和照子两个人分别把冒着热气的小豆汤盛入碗中，端给在屋里取暖的女人们，忙完之后，松江招呼照子过去吃，可定睛一看，房间里已没有位置了。

松江拿着自己和照子的小豆汤回到厨房，二人就在这里吃了起来。

松江用碗上的热气温暖着冰冻的手指，并望向窗外。她看到勋等人从冰冻的路上走回来。他们时而拉扯着彼此的围巾，时而相互碰撞，仿佛在屋子里也能听到他们的声音。同样望向窗外的照子，以大人的口吻说道："真是的，永远都跟孩子一样。"

松江微微一笑，她看向照子开玩笑似的说道："直到去年，你不也经常跟着他们一起玩吗？"

"那时候我还是个孩子。"

"也不知道男孩子玩到什么时候才能打住。"

"勋最近在学校完全没有学习。"

"这样吗？可我听你妈说，他的成绩很好啊。"

"那是以前的事。现在彻底废了。成绩排名从最后面开始数比较快。"

"这样吗？"

"松江阿姨的哥哥，是B大的毕业生吗？"

突然被问到许久没有音讯的哥哥，松江一时有些惊讶。

"嗯，是的。他是那里毕业的。"

"勋之前一直说他想考进这所大学。"照子噘起小嘴说道。

"现在开始努力的话，是没问题的。"

"我也这样说过，但是他说已经不想去了。"

"啊，为什么？"

"这个，我也不清楚。"

或许是想到了与勋之间的对话，照子生气似的站了起来，然后把用过的碗拿到水槽。少女的背影让松江想起宛如初恋时的急躁，不免担心起这个孩子。

吃完红豆汤的太太们三五成群地回去了。

松江也对泽田表示感谢，接着对开始帮母亲收拾的照子说道："欢迎你随时来我家玩，到时候我会再送你毛线的。"说完便离开了泽田家。

风一如既往的刺骨，好在今天是个晴朗的冬日。就在松江目送着回到各自宿舍的太太们的背影时，她突然在路上停住脚步，环视起四周。

无论在这里住了多久，她还是不习惯这片宿舍区。当然了，她并非是对民男以及周围邻居有所不满。恰恰相反，松江的人际关系处得很不错，她由衷感谢这些围绕在自己身边的人们。

不习惯的，是这片区域本身。

就是人们常说的"不切实际"，基本上就是这种感觉。眼前的这片区域，在她看来，犹如梦幻泡影，这里的一切随时都可能被强烈的黄沙吹飞。

每次松江一本正经地说出些话时，民男总是会笑她。

"怎么说呢，你的这种感受我也不是不能理解。毕竟这里是郊区嘛，终归还是不那么方便。"

听到民男这样说时，松江认为或许正像他说的那样吧。

走在回家的路上，松江看到在寒冬中推着自行车轮胎的勋和其他孩子。

"勋！"

听到松江的声音，勋看上去有些不耐烦地停住脚步，站在原地的他看着玩伴们推着轮胎离去。

"勋，你的手套呢？"

松江不由得捂住勋被冻红的双手。

"本来放在口袋里，刚才在拆轮胎时就给脱了。怕弄脏。"

勋的小手冻得跟冰块一样，松江隔着厚厚的手套也能感受到那份寒冷。他的鼻子底下还挂着薄薄一层被冻住的鼻水。

"勋，你以后还想去B大吗？"松江说起刚才在照子那里听到的事。

"怎么了？"

"没什么特别的理由。就是如果你能去那里的话，阿姨会很开心。"

"为什么？"

"为什么……"

松江一时语塞。就在这时，堆积在电线上的雪"噗通"一声掉在地上。

"我不去。"勋扭头望向掉落在地上的雪，然后语气平淡地说道，"上了初中后，就会因学徒动员[1]派去劳作。阿姨你不知道吗？"

勋的语气听上去像是在责备，松江不禁道歉："这样吗？抱歉，阿姨什么都不知道。"

勋惊讶地看着松江，然后说道："松村同学的哥哥就不是派去工厂，而是调往苏联国境附近的部队。听说那里的部队连兵营都没有，全都住在战壕里。战壕的深度跟我身高差不多，在上面盖上木板，铺上草席就完事了。算上松村同学的哥哥，被派去的有二十个人。他们全都睡在这种木板上。晚上还要轮流值勤，睡在旁边的人如果鼻子变白了，还得帮忙擦一下。不这样做的话，就会被冻伤的。"

这种语气，仿佛勋曾被派遣过去一样。

"就算上了初中，也不会立刻被派遣过去吧？况且你不是很期待吗？据说上了初中就能进行骑马和滑翔机的训练了。"

松江有一种勋现在就会被征兵入伍的错觉。

不过勋似乎已经做好准备，又开始对松江进行说明："现在已经不能再进行滑翔机的训练了。不过，如果能征兵入伍的话，倒是能进行骑马以及飞行训练。"

---

1 学徒动员的全称是学徒勤劳动员，是第二次世界大战末期的1943年，日本为了补充劳动力的不足，让中学以上的学徒、学生前往军需产业以及食品生产线上进行工作。——译者注

远方的朋友们已经等到疲倦了。勋似乎也想过去，不断回头望向他们。虽然说话像个小大人似的，但还是迫不及待地想和朋友们一起玩。于是松江推着他的后背说："要在天黑前回家。"

这天，当松江回到家确认好水管能正常出水后，正好有一些空闲时间。现在去购买晚餐食材还为时过早。在这个仅是欣赏窗外景色就令人心情愉快的冬日里，松江突然想到，听说有一群丹顶鹤就生活在附近的湖里，相当漂亮。

从松江居住的宿舍区出发，步行约二十分钟就能走到湖畔。当然了，冬季的湖水是会结冰的，可由于地形或者地基的关系，这条支流途中的区域并没有完全被冻上。因此能看到每年来这里过冬的丹顶鹤群。

松江曾在冬天去过这座湖几次。有一次是在民男的一位贸易商朋友的邀请下前去打猎的。但松江光是看见霰弹枪的枪口在瞄准雪中奔跑的兔子或者鹿，就会吓到不行，于是便早早地一个人逃回家中。

但冬日晴天下的这座湖真的是美极了。

结着冰的湖泊另一侧有一座小山，山的地表被树霜覆盖，看上去宛如某种冻僵的动物蹲伏于此一样。

这一日，松江久违地来到此地，这座湖的美丽景色看上去简直堪称奇迹。

冰冻的湖面沐浴在冬日太阳的光辉下。广阔无垠的寒冬大陆，只能听到丹顶鹤的鸣叫声。一只丹顶鹤展开巨大的羽翼，缓缓飞翔在冬日的天空中。其身姿令松江忍不住发出声音。就在她发出声音的同时，那种美令她无缘无故地流下泪水。仅仅是因为那纯粹的美。

这个世界，美到几乎没有瑕疵。

那天夜里，民男像往常一样，七点多就回家了。

日落后下起来的雪逐渐变大，宿舍的玻璃窗遭到寒风的击打。松江在送走要去澡堂洗澡的民男后，接着来到炉灶前煮饭，她重新加热了前几天从商店便宜买到手的羊肉所做成的炖肉。

刚才换衣服的时候，民男脸色很差。虽然可能和昏暗的电灯有关，但他的脸看上去确实没什么血色。

"你怎么了？"松江询问道，但民男似乎没有听到，并且反问道："你怎么了？"

松江莫名有些不安，迅速回答说："不，没什么。"

准备好晚饭的松江，在等民男从澡堂回来。

"啊，冷死了！"

民男冲进屋子里，刚洗完澡的身体正冒着浓浓的热气。

"你又没戴帽子。"

松江用沾有热水的毛巾一边擦拭着民男被冻住的短发，一边担心地说道。

"洗完澡一出来，就觉得这冷风很舒服，于是就这样跑回家了。"

民男虽然头发被冻住了，但脱下厚实棉袄的身体依旧火热，脖子上其至还有汗水。

"羊肉是老板便宜卖给我的。"

在松江的推荐下，民男一言不发地，用坚硬的后槽牙嚼着这道俄罗斯风味的羊肉料理。每天晚上，松江只要见到丈夫这个样子，就会相当放心。她认为拥有旺盛食欲以及坚硬牙齿的民男，以后能够保护自己。

"松江，你也去洗个澡吧。"用过晚餐，民男用有些催促的语气说道。

"等我收拾完的。"

民男立刻听从了松江的话，并且摆出一副"那我就等你"的态度，然后从书架上取出一本学术书，躺在床上。民男的欲望有时候来得很急。松江用茶水和咸菜把剩下的米饭吃进肚子里后，帮民男从壁橱里取出枕头。

刚一闭上眼，松江仿佛裹着毛毯置身于暴风雪中的森林里。

野兽的嚎叫近在咫尺，即将熄灭的火堆噼啪作响。松江闭着双眼，将脚尖伸进民男两腿之间。两人同盖一床被子在里面晃动。被子里的热气流出，房间里冷飕飕的空气悄悄钻入里面。

翻动身体的民男用力搂住松江的身体，使她不露在被子外面。松江的眼前，是民男火热的胸膛。松江还在喘着粗气。就像是要进行开膛手术一般，她用食指划过民男的胸膛。或许是感觉到痒，民男更加用力地抱住她，松江的食指和鼻子被民男火热的胸膛压瘪。

屋外的暴风雪感觉没有停下来的迹象，玻璃窗依旧发出声响。墙的另一边传来三子的笑声，看样子她也在床上。松江不知怎么回事，突然感觉呼吸困难，随即从民男的胳膊中逃开。

"怎么了？"

"没什么。只不过……"

"只不过？"

"嗯，只不过……希望这种日子能一直持续下去。"

"松江，你要喝水吗？"

民男赤裸着身体直接穿上棉袄，然后打开拉门走进厨房。民男外八字的背影让松江感觉更加寒冷。

"给我来一杯吧。"

松江在被子里拜托道，并用手整理着凌乱的头发。

"啊——好冷好冷。"

连续喝过两杯水的民男，用同一个杯子倒好水后回来。

松江坐起身，将敞开的睡衣在胸前合上。冰冷的水让她的牙齿打战。在流进喉咙的瞬间，她才惊讶地发现，原来自己的身体热成这样。

关上电灯，屋外的大雪反倒让屋里隐约亮了起来。哆哆嗦嗦钻回被窝的民男，双腿变得冰冷。

窗外的电线在暴风雪中摇晃，发出宛如某种生物般的声音。刚才一直听到的野兽嚎叫，或许就是电线发出来的。

"今天和勋久违地说话了。"

松江刚说出这句话，便下意识地倒吸一口凉气。虽说是无意识提到了此事，但她也不明白为什么现在会提到自己跟勋说话的事。

"勋？最近都没有见过他。"民男拖回刚才被自己扔出去的枕头。

"前不久还整日和他妈撒娇，现在说话已经跟个小大人似的了。"

松江脑海中浮现出的情景，和说出口时脑海中的情景截然不同。

"这样啊。勋明年也该上初中了吧？"

"没错。"

勋的父亲宫森末雄，是民男的下属，只不过民男要比对方年轻，所以交往起来有点麻烦。由于两家是邻居，因此他们会在休息日一同钓鱼，勋也会跟着一起去。

"像我这种女人可能什么都不懂，但听勋说，上了初中后就不能学习了，会被学徒动员派到某处的部队里。"

真是不可思议的感觉，松江仿佛置身事外般地讲述着他人的事。

"嗯，应该是吧。"

"勋似乎什么事都清楚，这多少让我有点……"

松江认为像这种批评学徒动员政策的发言一定会引来民男的斥责，但不知怎么回事，他竟然当作了耳旁风。

"那个……勋曾说过，爸爸他们的工作是自己的骄傲，所以等上了初中后，也要为此而努力，绝不输给爸爸他们。"

这是松江虚构的内容。

她压根儿就没有和勋聊过这种话题。但为什么自己会虚构出这种内容呢？这件事让松江觉得心里很不舒服，她又开始担心起来，并死死抓住睡衣的前襟。也不知道民男是否知晓松江此刻的心情，他依旧没有做出回复。

松江几乎没有跟民男讨论过他工作上面的事情。新婚之际，他曾多次说过："我的工作有很多机密，因此我什么事都不能对你说。就算在家里也不能聊。"从那以后，松江就有意识地避开这方面的话题。在与邻居三子以及夫人会那帮人的相处中，她发现每个家庭似乎都是这种状态。

什么都不知道最好，这是这里的常态。

"睡吧。"

民男从松江的被窝中爬出，回到了自己的被子里。

"好。"松江整理好弄乱的被褥，在残留着民男体温的被子里伸直身体。

"冷的话，就把腿伸到我这里。"

听到民男的话，松江很实在地把身体凑了过去，并把冰冷的脚尖也伸了过去。民男则用自己的脚包裹住她并在一起的脚尖。骨骼巨大的脚，其干燥的脚跟在摩擦中会令人感受到疼痛，即便如此，被这样的大脚包裹着，令松江的身体感受到了温暖。

能这样就好了——松江突然想到。

就在这时，外面传来说话声以及脚步声。一时间，松江还以为是变换风向的暴风雪发出的声音，然而脚步声越来越近，然后有人用近乎吓人的力道拍打起房门。

"啊……"

就在松江不禁发出叫声的时候，突然深夜造访的男人们一边道歉一边迫切地呼喊着民男。

民男坐起来。松江也把手伸出被窝，点燃了枕边的纸灯。被纸灯照射出来的民男的影子，一直延伸到拉门上。

"市岛科长，我是谷川。能稍微打扰一下吗？"

外面的暴风雪仿佛停止了一般，屋内能清楚听到男人的声音。

"什么事？"

民男已经离开被褥，重新绑好睡衣上的带子。他赤脚踩在地上，就这样直接打开了拉门。在民男打开玄关大门的瞬间，外面的暴风雪吹进屋内。

"抱歉这么晚了还来打扰。附近的湖里发现了小孩的尸体。"

三名男子你推我攘地走进屋里。三人全都被冻到下巴打战，满是积雪的大衣如同被冻结一样，看上去邦邦硬的。

"小孩？尸体？"

民男粗鲁地将三人拉进屋里，然后关上玄关的门。门刚关上，落在地上的飞雪便融化了。

松江用力抓住衣襟。不知不觉中，她在不停地颤抖。即便身体在颤抖，她还是站起身去关上拉门。可就算是关上拉门，还是能清楚地听到男人们的声音。

"湖里发现了小孩的尸体，详细情况还不清楚……"惊慌失措的属下被冻到说话的声音都在猛烈颤抖。

"是一个日本男孩和一个俄罗斯女孩。"另一个男人接着说道。

"两个人……"

民男在说出这句话后，众人陷入漫长的沉默中。仿佛无话可说的民男，打算就这样直接走到外面的暴风雪中。

"虽然还没有确认清楚，不过那个日本男孩应该是杂物科野边山科长家的长子。现在就读初中一年级，听说他从下午起就没有回家，父母很担心，正满世界寻找呢。另一个死亡的女孩，是三番町俄罗斯餐厅老板的女儿。女孩好像和野边山科长家的长子同年级，而且两人似乎还认识。"

"两人的遗体是在湖北边的短艇小屋里发现的，据小屋管理员说，这个屋子由于冬季没人使用，所以就给锁起来了。"

躺在被窝里的松江，身体蜷缩得更紧了。寒冷与恐惧，令她止不住地颤抖。

"今天晚上，管理员碰巧去小屋拿工具，结果发现了孩子们的尸体，然后慌忙跑来通知了我们。"

"顺带一提，两个孩子全都赤身裸体，目前还不清楚详情，但他们极有可能是被冻死的。"

在被窝中听着他们说话的松江，下意识地等待着民男接下来的发言。然而无论等了多久，始终没听到民男的声音。仿佛刚才他一言不发后，就真的走到了外面的暴风雪中。

放心不下的松江把拉门打开一道缝，此刻的民男还站在那里。

"老公……"

松江忍不住喊了一声，听到声音的民男回过头，只见他面无血色。松江的这句话似乎让他清醒过来，他随即命令道："我要出趟门，你给我准备一下。"

"好。"

松江火速站起来，全然不顾自身形象。她想从橱柜里取出衣服，可手却抖个不停，那种颤抖非比寻常，从手抖到肩膀，从肩膀抖到膝盖，抖到她无法站立，直接蹲在地上。

走进房间的民男注意到松江的异样，他想要抱起松江，并问道："你怎么了？"

"抱歉，身体在颤抖……"

"我来拿吧，你去躺着吧。"

站在门口的男人们死死盯着屋里。民男注意到后，粗鲁地拉上了门，然后自己取出衣服换上。

松江爬到窗边，拉开窗帘，看向窗外。激烈的暴风雪中，今天下午她所看到的，堪称奇迹之美的那片湖的景色仿佛浮现在眼前。

湖畔回响着丹顶鹤忧愁的鸣叫声，一只丹顶鹤展开巨大的羽翼，飞往冬日的天空。就在这时，松江见到一群孩子朝短艇小屋那头走去。

那时松江的内心完全被眼前的奇迹之景夺走。

孩子们在结冰的湖面上行走。本以为都是男孩子，不过其中也确实看到一个白皮肤的俄罗斯女孩。女孩被粗鲁地推着后背，险些摔倒的她遭到周围人的嘲笑。

"我很晚才能回来，你先睡吧。"

民男突然的声音，令松江拉上窗帘。不知何时换好衣服的民男说完这句话后便走到玄关。

松江也慌忙穿上棉袄紧跟其后。她赤脚踩着三合土地面，脚冻到发疼。来找民男的男人们此刻正在门外等他。

打开玄关门的民男嘴上说着："好了，你留在屋里吧。"并想把松江推回屋内。

虽然民男这样说，但松江还是跟了出去。暴风雪越发猛烈，晃眼的飞雪迎着灯光狂舞。

松江光着脚目送民男他们离开，直至这些人的背影消失。她已经不觉得冷和痛了。虽然还能听到男人们的脚步声，可他们的背影已经消失在暴风雪中。

她还听到了孩子们的笑声，这个声音与没有消失的脚步声重叠在了一起。

在民男等人消失的暴风雪中，浮现出丹顶鹤群在湖里沐浴着阳光

第 4 章 当年的丹顶鹤

的场景。又有一只鹤飞起。那只鹤在低空中飞过短艇小屋的屋顶，然后消失在榆树林中。

松江的视野中只剩下走进小屋的孩子们的身影。小屋那边仿佛也有着一群丹顶鹤。但是，那里的丹顶鹤却充满杀意。它们好像随时会展开羽翼，相互威胁，用它们的长喙相互攻击。

应该只是孩童们的嬉闹，松江本想放任不管，但就嬉闹而言，气氛又有些杀气腾腾。两种气氛重合在一起，令她感到不安。

松江记得被男孩们带走的那个金发女孩。那时松江才刚结婚，在走进三番町西式裁缝店的时候，她见到过一个日本男孩带着一个俄罗斯女孩开心地挑选着摆在货架上的那些毛线。

松江微笑地看着他们，然后自己也挑起了毛线。这时外面有人呼喊那名少年："喂，野边山！"由于是罕见的姓氏，因此松江忽然想起，这名男孩就是以前在市场里，三子介绍给自己认识的一名太太身边的乖巧少年。

她不禁留意起来，结果发现外面的男孩子们正在嘲笑着两人。两人没有买下好不容易才选好的毛线，而是逃跑似的离开了那家店，但刹那间他们就被那群男孩子包围了。

"给我站好了！"

体格最大的男孩，用类似铁丝般的东西抽打着野边山穿着短裤的大腿。他扭曲着脸按住大腿，但没有发出声音。那名金发女孩躲在对面的邮筒后面，担心地看着他。

松江走出店外。

她想着，如果那群男孩子还继续当下的行为，她就去斥责他们。可就在转眼间，男孩子们齐声大笑。被他们包围着，咬紧牙关忍痛敬礼的少年，他的腿变成了很严重的外八字。男孩子们笑得更加厉害。

松江瞬间搞不清楚状况，她回想起以前在新京看到的大众演剧[1]中，男扮女装的艺人那张白到刺眼的脸。此刻那张脸与开心挑选毛线的少年的脸重合了。

在美丽的湖畔景色中，松江朝小屋走去。

孩子们已经走进小屋。冻住的湖面不怎么平稳，松江好几次都踩到隆起的冰块，险些滑倒。

身后的丹顶鹤在鸣叫。松江依依不舍地回头望去。她觉得，如此美景或许再也看不到第二次了。

小屋建造得很结实，屋上的瓦片是新的，管理得还不错。小屋入口紧闭，墙上有模仿船窗设计的圆形窗户。松江踩在放在地上的圆木上，透过窗户看向里面。

小屋里并排摆放着三艘短艇，孩子们都在里面。接下来看到的场景，让松江顿时面如土色。身体急速变冷，反倒是胃部还有喉咙很热，因为刚吃完的红豆汤涌了上来。

松江慌忙用手捂住嘴，防止自己吐出来。

1　大众演剧是日本演剧的一种形式。较为注重作品的娱乐性。代表曲目有《忠臣藏》《四谷怪谈》等。——译者注

俄罗斯女孩被一群男孩子包围其中，包围的男孩子中有几个人身着大人的白袍。每件衣服都很脏而且还带有破洞。

"你们两个把衣服给我脱光，这是实验！"

"服从长官的命令！"

孩子们的声音，很清楚地传到松江耳中，这让她的身体开始颤抖。这时她才注意到，自己脚踩的是一个圆木，这种触感就和踩着尸体一样。或许是听到了她不小心发出的声音，其中一个男孩子看向她这边。

是身着白袍的勋。

勋似乎一脸惊讶，但他并没有把视线从松江那里移开。他不仅没有移开视线，还发出像是在挑衅大人的强烈信息。

惊慌失措的松江从窗户边逃离。

就在她离开的瞬间，她竟一屁股坐在了冰面上，她拖着身子向后退去。

大脑让她必须制止那群孩子，但她的身体则想离开这里。她认为勋一定会制止他们。

松江张开双腿，笨拙地从湖面上站起来，然后逃也似的离开小屋。被吓到的丹顶鹤群同时飞起，松江只想着要赶紧从这里逃走。

在那堵高墙的另一边，松江并未从任何人口中得知，民男他们平日里都在做着怎样的工作。然而不知为何，松江却能知晓一切。只要住在那片宿舍区，就算没有人跟自己说高墙的另一边究竟发生了什么事，风、阳光、干燥的大地，也会把里面的事说给松江她们听。这就好像，分明没有人跟松江提过，但是少女时代的她，不知为何就是知道关于性的秘密。这种事并没有人会说出来，但那个秘密就是在不知不觉间悄悄进入了松江体内。

就和这次一样。

被冰块不断绊倒的松江，慌忙地离开了湖面。如果自己承认了今天所看到的是现实的话，那么民男他们在高墙另一侧所做的事，也会变成现实。

"不对不对。那是骗人的，骗人的。"

松江拼命逃离此地，她想快点逃离小屋。

第二天早上，事件的全貌就传遍了整座城镇。可是民男那晚也没有回家，这让松江彻夜未眠。即便如此，等到天明时分，她依旧起来准备早饭。

这时邻居三子过来了，明明这里没有其他人，可她还是小声地说道："松，你听说那座湖的事了吗？"

松江微微摇头。当然，她其实立刻就想到了在小屋中和自己四目相对的勋，但她把双手插进冰冷的水桶里，放弃思考。

"刚才听卖豆腐的说，镇上已经闹得沸沸扬扬。"难以平静下来的三子打量起四周。

松江瞬间怀疑，三子是不是从勋那里听到了些什么。但三子的侧脸看上去似乎只是在谈论和自己无关的八卦。

"我去泡茶。"

松江取下裹在头上的手巾，然后将茶叶倒进茶壶里。就在等待热水烧开的工夫里，隔壁楼的妇人会副会长泽田走了进来。

虽然还只是早上，但那座湖的事似乎已经传开了。两个孩子的死，将从案件与事故两个方面展开调查。二人的死因似乎就是冻死的，可他们又为什么赤身裸体地死在那间小屋里呢？

镇上人们的意见分为两派。

意外派认为他们是凭自己主观意愿去的小屋，案件派则认为是有人带他们去的小屋。如果是他们自己去的话，就算考虑到他们年龄尚小，但也有可能会发生类似殉情的行为。

小屋虽然有小圆窗，但即便是小孩子，也不可能钻出去。最重要的是，即便他们能逃到外面，也不可能赤身裸体地穿过湖面，回到镇上。就算想对外求救，冬天的湖畔也不会有人过去。

凶手正是因为知道这些，才把两人留在小屋里。

听说他们被发现的时候，是在同一艘短艇里，或许是在想办法取暖吧，两人用薄席子裹住身体，紧紧相拥在一起，然后就这样离开了。

根据第一发现者，小屋管理员的描述：两人的皮肤白到几乎透明，长长的眼睫毛都冻上了，看上去好像稍微摇晃一下还能苏醒过来似的。

后来，即便警方进行了大规模搜查，可不要说凶手了，连犯罪过程都搞不清楚。然后就这样过去了数周。

一时间，人们都怀疑这是针对儿童的变态所犯下的罪行，嫌疑人的目标一下子落在了湖对岸某个男人身上。那是个智力低下的年轻人，该男子与自己年老的父母住在一起。他声称案发当日，自己在好友所经营的牧场工作，然而这位朋友如今并不在此地，只有父母能给他当证人。

男人模糊的证词以及胆怯的态度让情况变得对他相当不利。就在经过严格的审讯，即将逮捕该男子之时，万幸那位朋友回来了，这才证实了他的供词。

本以为是嫌疑人的男子被释放后，整个小镇充斥着不可思议的气氛。于是人们说出了自己的心里话——经过如此严密的搜查，却没有任何发现，难不成这个凶手压根儿就不存在？其实并没有所谓的犯罪发生？

有人说："虽然他们还小，但也有可能会出现殉情这种事吧？"

"殉情"这个成年人之间的词汇，与两个年少的美丽遗容重叠在了一起。

镇上的油画家画出了两人的遗容。在冰冷的天青石色的油画中，两人被埋在冰块中。躺在冰中的他们，紧紧握住对方的手，那副遗容看上去犹如天使般美丽，好像随时都会睁开双眼露出微笑。

这幅画被庄重地装裱起来，装饰在集会所的墙上。

某一天，松江正在厨房洗东西的时候，她看到勋站在窗外。那是入冬以来，她首次打开一直紧闭不开的窗户。两人隔着窗户四目相对，勋微微点头示意。

那件事发生以来，松江就一直避免与勋见面。点过头的勋，打算就这样离开。松江几乎条件反射似的跑出门，她大喊了声："勋！"

松江看着今年春天刚升入初中，身着校服的勋。片刻间，她的眼神让勋难为情起来，但他还是突然下定决心般向松江这边跑来。

松江取下头上的手巾。

"我下周开始就要服从学徒动员，进行劳动服务了。"勋的鼻子下方留起了胡子，"要去的地方已经决定好了。一旦去了那里，就很久不能回来了。"虽然开始长出胡子，但声音还是个小孩，"我不在家的时候，还请阿姨帮忙照顾妈妈还有妹妹。"勋深鞠一躬。

"勋……"

松江沉重地张开嘴。她不知道该对眼前的这个孩子说些什么好，但勋则默默地等待着松江开口。

我知道你做过什么。你也知道我知道你做过的事情。

松江有些眩晕，不禁闭上眼睛。刚一闭上眼睛，不知为何，那天见到的湖中景色再度苏醒了。

冰冻的湖面沐浴在冬日太阳的光辉下。广阔无垠的寒冬大陆，只能听到丹顶鹤的鸣叫声。一只丹顶鹤展开巨大的羽翼，缓缓飞向冬日的天空。

这是纯粹的美。是这个世界纯粹的美。

"勋……请你以后好好地努力吧。"

勋对咬住嘴唇的松江郑重地点了点头。

○

没穿内裤在开车。

仅仅是这样，就足以让内心的欲望变得无可救药。

开过风景从未有过变化的公交站前的马路，满脑子净是些和性有关的事。

仅仅是这样，就足以让内心的凄惨变得无法挽救。

午后的公交站前，等公交车的人排起长队。购物结束的家庭主妇的塑料袋里插着长葱，双胞胎女孩在相互比较着谁的于更大一些。

总觉得只有自己被这个世界排除在外。觉得只有自己不可能加入如此干净的风景中。

因为自己没有穿内裤，因为自己满脑子想着的净是些羞耻的事。

身后的车鸣声让佳代肩膀颤抖起来。太过慌张的她，身体并没有立即反应过来。车鸣声再次响起。

佳代用令手指发痛的力度握住方向盘，总算把脚从刹车上移开。

仅仅是开往北湖别墅四十分钟的路程，也足以让她感到疲惫不堪。

不知道圭介今日会提出怎样要求的恐惧，不知道自己有没有勇气回应此事的担忧，因为这些想法，无论车里的暖气开到多热，也无法令她的身体停止颤抖。

在一起的这段时间里，圭介从不说出自身的感受。

他能说出口的，只有"不管什么，给我去做"这样的命令。

圭介不会说出自己的感受，所以佳代必须自己脑补出他的感受。

他现在一定是这样想的。一定是这种感觉。

所以自己必须做出回应，她就这样逼迫着自己。

圭介唯一明确的要求就是，要一直看着他的眼睛。

圭介说，无论被逼着做出怎样羞耻的事，无论多么想低头，无论有多么想忘记自己做过的事，都绝对不能离开他的视线。

她咬紧牙关看着对方。没过多久，感到羞耻的她流出泪水。她悔恨般地抽泣起来。

流泪的不是自己。流泪的是自己不认识的人。

佳代如此安慰着自己，总算保住了那颗自尊心。正因为这样去想，总算保住了理智。

前面的汽车突然减速，佳代也慌忙踩住刹车。

在前往沿湖县道，北湖别墅的路上，每当佳代被红灯拦下，她都会被从无尽的妄想中拉回现实。

〇

湖面上倒映着山的地表，低空遍布着阴沉的乌云。

一直看下去，总觉得眼前这片广阔的世界会随时裂开，然后像玻璃般变成碎片。

圭介放慢车速，开进湖岸旁边的小道。

转角处，一辆横滨牌照的汽车抛锚了。仔细一看，走出车外的父母，正检查着轮胎，有些担心的女儿从后座的车窗探出脑袋。

圭介放慢车速，停靠在一旁。

"没事吧？"

他打开车窗问道，年轻的父亲脸色有些煞白，他求助似的靠了过来说："像是爆胎了。"

母亲那边好像正在联系JAF[1]，告诉对方现在详细的地点。

"车上没有备胎……"

看到父亲没有血色的脸，后座的女孩快要哭了。

"如果有备胎的话，我就能帮忙换了。"

听到圭介的话，父亲"啊"了一声，他看上去有些心不在焉，只是关心着妻子的电话有没有打成功。

"你们知道现在的地址吗？可以的话，我可以代为告诉对方。"

圭介伸出援手，但同样面无血色的妻子回答道："谢谢，我已经把现在的地址发信息告诉对方了。似乎没问题了。"

"小姑娘，很快就会有人来帮助你们了，不用担心。"圭介对女

1　JAF（JAPAN AUTOMOBILE FEDERATION），一般社团法人日本汽车联盟，能够为会员提供道路援救帮助。——译者注

孩说道，但是对方的表情并没有变化。

JAF似乎需要二十多分钟才能到。圭介说了句"那我先走了"后，再次慢速开车前行。

这一带进入冬天后就会被深深的积雪覆盖。使用夏季轮胎的游客只要在这个时候经过此地的话，就会像刚才那家人一样抛锚。

一提到暴雪地带，人们就会想到北陆地区，实际上积雪量纪录最高的地区，是滋贺县伊吹山这边。

一九二七年出现的一千一百八十二厘米的积雪厚度，曾创下了吉尼斯世界纪录。这是圭介在初中地理课上学过的知识。

琵琶湖北湖地区的雪之所以多，是因为这片区域有着从日本海一直吹到太平洋一侧的风道。东海道新干线之所以经常在关之原这里因遭到大雪而停驶，似乎也是因为这个缘故。

圭介调高音响的声音。

前不久用手机下载的西方音乐里，出现了声音略带沙哑的女歌手的声音，这很符合圭介此时的心情。

从湖畔道路驶入平缓斜坡的侧道。

在穿过成排的白桦树后，能看到零星的别墅。每座别墅都能看到琵琶湖的风景，这个时期，别墅区不会有什么人出现。

圭介前往的是妻子娘家的别墅，还是学生的时候，他们每年都会邀请同学来这里过暑假。但是自从五年前别墅屋顶的瓦片被台风吹飞后，便迅速老化。圭介两口子自不必说，就连岳父母他们也不会过来，现在完全成了搁置的状态。

轮胎压过柔软的落叶。

只有一座别墅的烟囱里冒出了烟，圭介把车停在了那座别墅的前面。

虽然太阳还挂在天空上，但葱郁的森林已经变得昏暗。

圭介向别墅闪了几下车灯。

佳代应该就在里面。

他已经告知对方自己到达的时间，并让她全裸等着自己过来。

佳代应该已经按照圭介说的那样，赤身裸体地等待着他的到来吧。圭介没有脱鞋，就这样走了进去。鞋底的泥巴弄脏了走廊。

佳代不断擦拭着圭介肮脏的足迹。暖炉前有一张柔软的沙发，圭介坐在上面，欣赏着佳代的身姿。

暖炉的火焰让屋子里充满热气，但满是尘埃的地板却很冰冷。佳代的身体因为羞耻而变得通红。

"讨厌的话，可以回去。"

即便听到圭介这番话，佳代也没有停止擦拭地板。

圭介故意用鞋底摩擦地板，他跺着脚说道："这里也脏了。"

佳代一言不发地过来了。她没有抬头，而是盯着肮脏的地板，笔直地爬了过来。

圭介把目光落在了擦拭地板污渍的佳代身上。

"说话啊。"他推着佳代的肩膀，"还记得要说什么吗？"

佳代微微点头。

"那就给我说。"

圭介强迫佳代以这样的姿态说出她引以为傲的事情、自信的事情，以及重要的事情。

她以屈辱的姿态一边擦拭着地板污渍，一边被迫说出最引以为傲的事情。

参加小学运动会的父亲第一个跑到了终点；高中的时候曾被班上两个同学告白过；自己负责过的老人流着眼泪对自己说："人生的最后时刻能有你陪伴，真是太好了。"佳代用颤抖的声音，咬紧牙关般说出这些。

她雪白的后背，脊椎骨鲜明地起伏着。

薄薄的肌肤下面凸出的脊椎，看上去就像清晨湖面上回荡的水波。

直到刚才，圭介持续盯着监控录像，看了整整十六个小时。头疼到眼球快要被捏爆一样。他必须托住脑袋，要不然很难保持坐姿。

他被伊佐美如同拷问般逼着确认的监控视频，就是案发当天枫叶园的内部视频。这些视频一共由十三台监控拍摄，分别来自疗养病床的外来接待处、药房前、走廊、停车场等地。

医院和养老院这些地方，出于对患者以及入住者隐私的保护，监控摄像的使用率其实并不高。实际上，枫叶园虽然在大厅和主要的走廊上装有监控，但市岛民男去世的病房内并没有安装，而且就连病房前的走廊上也没有安装，唯一可以确认这片情况的，只有接待处前的一台。但这台监控距离病房有着十五米的距离。

无论看多少遍，视频内容都不会有变化。其实在案发当天他们就曾看过无数遍，而且后来每当搜查陷入瓶颈的时候也会再看一遍。即便曾多次做出"无法从这些录像中得到有用的情报"这样的结论，但伊佐美还是命令圭介反复观看。

如果这是出于针对搜查的信念以及警官毅力的考量，圭介尚可接受。但从伊佐美浑浊的眼球中传递出来的，只是他那一如既往的阴暗心理。

昨天，在县警本部召开了会议。这是为下周近在咫尺的警察厅长官视察而召开的。县警本部的各部门自不必说，县内各地的警察署，署长以下的干部也全都被召集了过来。作为此次的视察目标，负责"枫叶园事件"的西湖署，不仅仅是署长以及干部人员，就连圭介和伊佐美等人也难逃一劫，被迫站在大会议室的后面，忍受羞辱。

因为辖区的丑闻，警察厅长官亲自前来视察。这件事究竟有何意义？出席此次会议的县警干部们惨白的脸便说明了这一点。

圭介将不知看过多少遍的监控视频倒回去重新观看。粗糙的监控录像里，抱着文件夹的佳代出现在走廊上。这也是他不知看过多少遍的画面，圭介把视频暂停，看着面无表情、静止不动的佳代。他放大佳代的脸，和屏幕一般大小时，才能勉强看出她的五官。

突然，圭介感觉到身后有人的视线，他慌忙把录像恢复原状，但为时已晚。

"你在玩吗？"

身后传来声音，伊佐美好像在悄悄偷看。

"没有。"

"要是那帮律师们真帮松本进行诉讼的话，咱们都会被踢出警队。"站在身后的伊佐美把想说的话都说了出来，"你起码娶了牙医的女儿，无论是减薪还是处分，日子都不会难过吧？但我可是会难过的。就连明天的生活我都在犯难。"

伊佐美离开房间。走廊传来的拖鞋声一直回荡在圭介的耳中。

"你每周有几次夫妻生活啊？"

伊佐美是个不会在意问这种问题的人。如果出于害臊不回答他的话，他就会挖苦道："摆什么臭架子啊，你当自己是明星吗？"如果实打实地回答，他就会一脸嫌弃地说："真恶心，谁想知道你这码子事啊。"

然而他总爱问这方面的问题：第一次感觉如何？你有过几个女人？有没有署内的女人？听说你跟交通科的女人不清不白，是真的吗？

圭介有时候会认真回答，有时候则想办法躲开。结果伊佐美每一次都会一脸嫌弃地说："你一点都不好玩。"

这几天，华子带着诗又回娘家了。

有一天，圭介发信息说自己回家了。华子立刻给他打来电话，但她似乎并不想为这个只顾工作的老公花不到十五分钟的车程回趟家，她没有丝毫内疚地说道："不好意思，家里没有给你准备吃的。要不然你来我这边吃？"

圭介打开冰箱。

"还真是什么都没有。"

"什么？"

"没事。"

他确实懒得出门。

华子和诗刚出院时，岳母以照顾外孙女为借口，经常来他家。就在圭介忙于搜查完全不回家的这段时间，岳母几乎每天都住在这里。

某天，凌晨才回家的圭介没有开灯，直接在厨房吃起冷掉的便当。岳母就睡在旁边客厅里，她打着地铺，鼾声如雷。这早已是司空见惯的场景。其实对于前来照顾华子的岳母，圭介并没有什么不满，只不过他在吃着冰冷的炸鸡时，突然感受到令自己全身汗毛倒立般的憎恶。连他自己都不清楚那是对什么产生的反应。他并没有对因照顾外孙女累到睡着的岳母感到厌恶。圭介来到客厅，像是在确认什么似的，一言不发地低头看向鼾声如雷又有些邋遢的岳母的脸。

并不是你的错。

圭介虽然这样想，但他怎么也找不到其他令自己急躁的理由。

他回到厨房，以无法抑制的冲动，将不知为何被打开的冰箱门用力关上。岳母被这个响声惊醒。圭介向睡眼惺忪的岳母道歉说："对不起。"岳母翻过身子，说了句："啊，圭介，你现在才回来啊？辛苦了。"然后继续睡觉。

圭介从冰箱拿出炒面，就在将圆白菜切到一半的时候，他停了下来。圭介这才发现，自己已经没什么食欲了。他把切到一半的圆白菜、菜刀，还有菜板放到一边，然后躺在了客厅的沙发上。

○

纪念堂孤零零地建在京阪国道一侧。因为是殡仪馆而且没有显眼的招牌，如果被前方便利店吸引注意力的话，似乎就会直接略过这里。

走进殡仪馆，里面和外观一样空寂，接待处不见人影，工作人员在入口大厅搬运鲜花。好在指示板上写着："池田家 二楼紫罗兰间"，其他会场的黑色牌子全被翻了过去。

池田一边系着领带，一边跑上螺旋楼梯。一上楼便是紫罗兰间，堂哥站在空荡荡的会场内部。

"抱歉，你这么忙还得跑过来。"

"不好意思，昨天没能参加守灵。"

"没有没有。我妈也住院这么长时间了。或许正是因为这样，才能跟她说这么多话。都这个年纪了，很难抽一两个小时跟她面对面聊一聊。"表哥自我安慰道。

"对了，我去看看姑姑的遗容吧。"

由于姑姑常年饱受糖尿病的折磨，所以池田早就做好了心理准备。姑姑化过妆的那张脸，依旧是自小就疼爱自己的温柔的样子。

"最终还是没能去看望她。"池田摸着姑姑的脸说道。

"连我这个做儿子的也只能偶尔去看望她。"站在身旁的表哥苦笑道。

"舅舅他们在里面。"

就在池田被表哥推着后背，准备走进休息室时，手机响了。是渡边主编打来的电话。池田一边应付着，一边走下楼。

"还是一如既往地忙啊。"身后的表兄说道。

走出一楼大厅外的池田先是抱歉道："对不起，没有跟您报告。"他所谓的报告，是这一周左右，他全力跟政界以及医学界人士打听到的情报，虽然最后还是没有找到能够连接宫森勋、涩井会医院以及西木田一郎之间的确凿证据。但是通过这些日的调查可得知，宫森勋和制药公司引发药物伤害事件的时候，原本他过去的记录还有个人情报即将被公诸于众，结果却在这个节骨眼上被彻底销毁。就连宫森勋的出生地都不再是A国，这几乎变成了国家机密。

池田激动地说完这些后，渡边有些失望地问道："你今天能回来吗？"

"不能，明天我还得去趟滋贺的市岛民男家，然后再回去。"池田答道。

"市岛民男？啊，那个枫叶园的老人，那边有什么动向吗？"

"被害人的夫人联系过我，说有事情跟我讲。"池田如此回答道。

喝着茶的池田，通过拉窗看向中庭。

"请吃这个。"同样看着中庭的松江，突然打开点心盒说道。

"那我不客气了。"

池田不见外地拿起小包装的甜纳豆。

虽然是自己叫池田过来的，但松江却很悠闲地欣赏着庭院。

换作往常的池田，估计会焦急地进行询问，但不知为什么，面对松江夫人，他竟然也变得悠闲起来。

"实际上，我刚参加完姑姑的葬礼过来。"池田脱口而出，"由于姑姑生前很爱我，所以一想到再也见不到她后，我就会觉得很寂寞。但怎么说好呢？我觉得姑姑前往的地方和我生活的地方并没有距离，或者说其实是同样的地方。不知为何，我在听经文的时候，一直在想着这些事。"

池田也不知道自己为什么要和采访对象说这些话，松江只是一声不响地倾听着。

没过多久，松江站了起来。

池田默默看着老夫人走出房间。也不知道等了多久，就在他感到担心想前去查看情况的时候，松江抱着一个大包袱回来了。

"能帮我打开一下吗？我有东西想给池田先生看。"

"里面是什么？"

池田打开包袱，里面是一幅装裱好的画，而且包装得很结实。在得到松江的许可后，池田把上面的气泡膜撕了下来。原来画框里是一幅油画。

"油画啊。"池田把油画放在地板上仔细观瞧。

画中的男孩子与女孩子一同躺在冰中，给人一种相当寒冷的感觉，但这好像不是用油画颜料画成的。

"这是我唯一从A国带回来的东西。"

松江本人好像也多年不曾见过这幅画了。她用满是皱纹的手指，怜悯地抚摸着画中的孩子们。

"这是一个男孩和一个女孩吗？"池田问道，松江默默点着头，"孩子们睡在冰中？抱歉，我没有欣赏画作的能力。"

躺在冰中的两人，紧紧握住对方的手。

"是某一年的冬天。在我们居住地的附近，有一座湖，一到冬天就会冻上。冬季大晴天去看的话，能看到对岸山上的雪景，那里简直美极了。"

松江讲述的美景与池田所知道的琵琶湖的冬日景色重合在了一起。

"冬天会有很多候鸟飞来，其中最美的当属丹顶鹤。冬天的太阳不是会照到冰冻的湖面上吗？那时会产生白色的蒸汽。丹顶鹤张开硕大的翅膀，从广阔的天空中降落，在寂静的湖面上高声鸣叫。怎么说呢，就是让人有种'啊，这便是世界。这个世界竟然能如此漂亮'的感觉。一想到这里，便忍不住流下泪水。然后，有一群孩子来到此地。孩子们一同走进湖畔的小屋。"池田犹如被吸进那片冰湖一般，听着松江的话，"我只有一件事可以准确地告诉池田先生。"松江再次看向画中的孩子们，"从那天开始，我再也没见过美好的事物。那天的丹顶鹤群，是我见到的最后一幕。从那以后就再也没见过……在接下来的漫长人生中，我再也没有感受过任何事物的美好。这便是我的一生。"

松江再次将手伸向画中的孩子们。似乎只要像这样反复触摸，终有一天，画中的孩子们便能睁开眼睛。

随后，松江对池田说出了她在这漫长的人生中最美好的日子里见到了什么。

被带进小屋的男孩和女孩，身穿白袍的男孩们，以及逃跑的自己。

松江说自己也不知道为什么会把这些事说给池田。池田本人也不清楚为什么自己会认真听这些事。即便不明白原因，松江的话也能满足池田的内心。

离开松江家后，他注意到渡边主编给自己打过电话。明明没有静音，但不知为何手机就是没有响。池田一边朝租来的车走去，一边给对方回电。只听渡边有些激动地说："你现在在哪里？"

"还在滋贺。"池田答道。

"枫叶园附近的养老院又发生了类似的案件。"

"什么？"

池田刚要打开车门的手停了下来。

"与枫叶园在同一地区的养老院，又发生了相同手法的案件。"

"相同手法？也就是说，不是医疗器械故障了？"

"应该是有一个凶手。"

渡边的声音听上去有些遥远。

"什么时候发生的？"池田问道。

"似乎是今天早上。"

渡边说已经用邮件把警方公布的资料发给池田了。池田挂断电话，走上车后查看起渡边传来的邮件。

事发地点是距离枫叶园三公里远的"德竹会"，依赖呼吸器的九十二岁女性老人突然死亡。

养老院调查过后，发现与枫叶园发生的事件相似，怀疑呼吸器有可能遭到什么人故意关停，于是便到西湖署报案。案发现场的德竹会和枫叶园一样，是一家看护疗养型医疗养老院，并且拥有综合医院水平的医疗设备。

瘫痪在床的被害者享受着专业级看护服务，结果呼吸器却在这种情况下停止运作，这样一来，养老院的工作人员自然就成了嫌疑人。原本这种事会进行长时间的内部调查，但由于出现过枫叶园的案件，于是这家养老院便以惊人速度向警方报了案。

　　顺带一提，德竹会的被害者目前还没有发现与市岛民男之间有着怎样的联系。德竹会去世的是九十二岁的沟口清子女士。她在大约七年前搬进这家养老院，一开始尚能生活自理，但在大约半年前，她的身体突然变差最终瘫痪在床。身为小学退休老师的儿子以及儿媳妇会每周带孙子看望老太太一次。已经去世的清子丈夫，听说曾经是名高中语文教师。

　　池田看完这些资料，决定先去案发现场看一看，于是开车驶向德竹会。

　　穿过沿湖的道路，他看到建在高地上的枫叶园，再开一段时间又驶过了西湖署前面。如此近的场所，手法又如此相同，自然会先怀疑是一人所为。

　　德竹会被拉上了严肃的警戒线，无法靠近一步。

第 5 章

美丽之湖

　　笔记本里方格纸的格线看上去如波浪般起起落落。一个方格里塞进两三个自己写的细小文字，就像是溺水之人的脑袋在此中浮现。

　　盯了半天的圭介，慌忙想用手指捏扁笔记本上的字。格线的波动停止了，几乎溺毙的那些文字也停止了挣扎。圭介再次用力按住睛明穴，继续书写后面的内容。

　　就在这时有人敲门，一位男性看护师探着头说道："那个……"是个留着茶色头发的年轻人，橘色的制服给人一种相当轻浮的印象，"是班长让我过来的。"

　　就在看护师准备进来时，圭介不耐烦地说道："啊，你能稍微等一下吗？"

　　"啊？"

　　看护师一脸不满，粗暴地关上门。只听门外传来抱怨声："叫人过来是想干吗啊！"

　　圭介扔下手中的笔，站起身走到窗边。通过德竹会三楼的窗户，可以看到辽阔的农田，远方高速公路的另一侧是巍峨的高山，天空中浮云的倒影在田间移动。

身后的门再次传来响声，圭介回头望去。打开门并把头探出的是看护班的女班长栗原，虽然看到圭介的样子后她有些困惑，但还是问道："不好意思，如果还要等段时间的话，能不能先把谷口先生的询问往后挪一下？"

圭介沉默不语，这使得对方更加困惑。只听栗原有些不乐意地说道："虽然发生了这种事，我们都尽可能地配合你们，但我们毕竟还有工作要做……"

"立刻开始。"圭介回复道。

"这样啊。这样就好，毕竟我们这边还有工作……"

"我们警方也是在工作，我们这边寻找嫌疑人就是工作！"圭介打断了栗原的话。

"寻找嫌疑人？说得就跟我们是嫌犯一样。"

"不好意思。"

栗原似乎还想说出更过分的话，但圭介避开了对方的视线。

刚才那位叫作谷口的看护师，从惊讶到极点的栗原身后走了进来。这里平常好像是给工作人员接见入住者家属时使用的房间。

"我是西湖署的滨中，真是辛苦您百忙之中抽空过来。"圭介说出了自上午开始不知重复过多少遍的问候语，"能告诉我您的名字吗？"

"谷口。谷口一茂。"

"接着是每个人都会问到的问题，可以说一遍您昨晚工作的流程吗？"

"流程？"

"就是大约几点开始工作，大约几点跟谁做了什么工作，大约几点开始休息这种，这玩意儿不是被叫作流程吗？"

圭介压迫式的态度，令谷口更加难以开口回答。

圭介一大早就在家里接到通知，说德竹会这里一位九十二岁的女性入住者，跟枫叶园发生过的案件一样，因为呼吸器停止而去世。

他火速赶往署内，感受到了异常的氛围。

搜查本部发生了激烈的争论，竹胁部长在一旁苦思冥想。

圭介默默地观望持续了片刻的争论。刑警们的争论维持在微妙的平衡中。感觉只要有人稍微改变一下自己的意见，口风就会倾向于认为松本郁子是冤枉的弱势一派。

圭介暂时离开了搜查本部，来到窗边深呼吸。警方对松本郁子进行审讯时，无论是在时间上还是在精神上，确实都给予了极其残酷的对待。圭介曾经在偶然才前往的大型超市中见过她。

松本的样子相当憔悴。她想将西柚放进篮子里，但西柚在她手中犹如铅球般沉重。

圭介不禁想要逃离那里。但他突然停下脚步，因为松本的丈夫就站在自己眼前。

在审讯的过程中，松本的丈夫总是会接送妻子。最初，他还虚张声势地说要保护自己的妻子，但最后总是被圭介和伊佐美赶回家。

"告诉我，我太太究竟做了什么？"站在眼前的丈夫突然按住圭介肩膀，令他无法逃离，"刑警先生，你告诉我，我太太究竟做了什么？她分明什么事都没有做过，为什么要这样对她？她到底做了什么，你们把她折磨成这个样子？"

松本的丈夫虽然在控制着声音，但手却不断颤抖。

圭介不禁回过头。松本站在堆满水果的货架前，死死地看向他们。然后就在与圭介眼神对上的瞬间，她扔下西柚逃走了。

圭介不禁倒吸一口凉气。他甚至不知道该对慌忙追赶妻子的丈夫，抱有怎样的想法。

德竹会这位叫作谷口一茂的年轻看护师，在审讯的过程中，态度始终很傲慢。

就像是被叫到办公室的初中生一般，无论圭介如何询问，他都是一边抠着指甲，一边回应："没什么，就跟平日里做的一样。"

上夜班的谷口于昨天晚上八点前上班，和班长栗原一同工作。谷口似乎知道刚才已经询问过栗原，他不停打断圭介的话："既然你都知道了，就没必要问我了吧。"

"那么，昨天晚上并没有身体不好的住户，工作上也和平常一样了？"

"我已经说过这些了！"

"你一直和栗原女士在一起吗？"

"就差上厕所也在一起了。"谷口嘲笑道。

虽然谷口作为看护师在认真工作，但就将警察视为眼中钉，对调查毫不配合这一点来看，此人小时候一定做过一些坏事。

"从昨天晚上到今天早上，有没有来拜访的……"

"我都说了，没有可疑的家伙出现！"

不停抖腿的谷口，一直在怒吼。不过圭介像没有听到他的声音一般，清楚地重复着相同的问题："从昨天晚上到今天早上，有没有见过那种第一次来到这里，看上去很可疑的人？"

谷口咂了下嘴，打算起身。

圭介在他站起身之前，用力按住了他的肩膀。

"请坐下。"

"你够了。"

"给我坐下。"圭介在他耳边低声说道，"不认真回答的话，可是会把你当成嫌疑人的。"

就在说出这句话的瞬间，圭介面如土色。他本以为是在吓唬对方，但他注意到，自己正在很认真地说这句话。

"什么？"

谷口一脸惊讶。

"或许还有话会问你，到时候请你再次配合我。"

虽然没有说让他出去还是留下，但谷口一言不发，直接摔门离去。

接着进来的人是伊佐美。他看着走在走廊上的谷口问道："怎么样？发生什么事了？"

"不，没什么。"圭介回应道。

"这次的嫌疑人是他吗？"伊佐美嘲讽道。

走到窗边的伊佐美，看向窗户下面，然后发出了疑惑的声音。就在一脸困惑的圭介想要站在他身后也看一眼的时候，伊佐美推开他的肩膀离开了房间。

圭介并没有去追伊佐美，而是低头看向窗外。

有个年轻男子翻过围栏准备朝农田方向走去。附近已经拉起警戒线，该男子应该是从某处溜进来的。

圭介打开窗户，探出上半身。

就在这个时候，伊佐美已经跑出了这座建筑物。

他隔着围栏叫住男子，男子很听话地停在原地。

虽然并不认识这位男子，但看上去应该是个记者。因为此时的氛围感就是如此。伊佐美翻过围栏追赶男子，而圭介只是看着这一切。

○

"喂！等一下！"

就在池田走到田埂上时，身后传来呼喊声。

他回头望去，刚刚翻过的医院围栏的另一边，站着一名中年男子。看他的样子像是个刑警。有那么一瞬间，池田也想过逃跑，但在认为自己逃不掉后，便听话地选择站在原地。

看上去像刑警的男人慢条斯理地翻过围栏。池田抬头向上望去，三楼窗户边还有一个看上去像是刑警的男人，那位还很年轻。

"你来这里有何贵干？"

靠过来的男人问道，池田露出较为可疑的表情。男人看来真是个刑警，他用锐利的目光盯着池田。

"我是名记者，从东京来的。"

池田如实回答道。男人似乎已经预料到了这些，表情没有丝毫变化，继续问道："这里应该是提示过禁止入内的。你是哪家的记者？"

池田递出名片。

这个时候，刑警的表情发生了变化。他慢慢念出名片上写着的出版社以及池田的名字。

"你就是池田先生？"

看着仔细打量起自己的刑警，池田不禁问起对方的身份："那个，恕我失礼，咱们在什么地方见过面吗？"

"我是西湖署的伊佐美。"男人答道。

这位叫作伊佐美的刑警似乎知道池田的事，但池田却对他毫无印象。正在他苦思冥想的时候，伊佐美说道："我还以为是个更老派的记者。"

"抱歉。恕我失礼，咱们在什么地方见过吗？"池田再次问道。

伊佐美摇着头回答说："并没有。"

紧接着，池田的脑海里突然闪过一些话。那是告诉过他当年西湖署内部关于药物伤害事件详情的退休刑警河井说过的话。

"当时我也是血气方刚。虽然负责的部门不同，但当时警署内部的情况我至今还记得。不，其实压根儿也忘不掉……负责药物伤害事件的刑警们，全都因为立案被禁止放声大哭。他们一定很不甘心。都是成年人的他们丝毫不顾及他人眼光，发泄着自己的情绪。"

不知为何，放声大哭的男人形象，竟然和眼前这个叫作伊佐美的刑警重叠在了一起。考虑到岁月的变迁，他当时一定是个血气方刚的新人警察。

如此想来，把当年被称作绝密文件的搜查资料交给河井的，很有可能就是这个伊佐美。

这个伊佐美应该是想改变被退休刑警河井称之为"组织心理创伤"的问题。他应该是对现在的西湖署感到了绝望。

"您认识西湖署退休刑警河井先生吗？"池田试探性地问道。

瞬间，伊佐美的眼神开始游离。

"河井先生是哪位？今年多大了啊？"

伊佐美佯装不知的样子，反倒像是在告诉别人，自己就是那个告密者。

"没有一个坏人会进入警察的队伍中。相反，只有那些无法原谅不法之徒，一腔正义感的人，才会跑来当警察。"

池田的脑海中再次出现河井说过的话，不过就算在这里把话挑明，也不会得到什么好处。倘若真把话说开，只会在此切断彼此间的联系。

池田只好带着伊佐美的那份遗憾，亲手揭开药物伤害事件的真相。正因如此，提供情报的伊佐美，从某种意义上来说，就等同于舍命背叛他所在的组织。

"抱歉，我认错人了。"池田说道。

对话的走向很是奇妙，伊佐美似乎也想让这段奇妙的对话就这样奇妙地结束。

"话说回来，现在这里应该标明了禁止入内。"

伊佐美拉回正题。池田很老实地为此道歉，然后以记者的口吻问道："此次发生的事，和枫叶园有关系吗？"

"这方面我们正在调查中。"伊佐美冷淡地回答道。

池田默默行了一个礼，然后准备离开。

伊佐美也没有挽留池田，但就在池田刚走没多久的时候，伊佐美却叫住了他："喂，等一下。"池田回过头，伊佐美一路小跑来到他身边。

"像今天这样偶然遇到本不该遇到的人，也算是某种缘分了。"伊佐美稍微有些气喘地说道，"有一个未公开的，关于枫叶园事件嫌疑人的情报我可以告诉你。一个在枫叶园工作的女看护师曾在YouTube网站上见过一段不可思议的视频，她将那段视频提供给了我们。"

"视频？"

"没错。那是一段某人从外面进入枫叶园建筑内的视频。那人一直走到被害人市岛民男房间的前面，然后视频就结束了。当然了，并没有证据表明那是凶手上传的视频。说得再清楚点就是，也有可能是访客闹着玩儿拍摄的。不，这种可能性其实很高。只不过，想确定上传者的身份很难。或许正是因为没有关系的缘故，所以才没有找到突破口吧。"

"那个视频是？"

"现在就能看到，搜索一下就可以。"

伊佐美打开视频网站，池田用手机将网址拍了下来，然后他突然有些在意地问道："为什么要告诉我这种情报？"

"这个嘛，为什么呢？或许是希望你能努力干下去吧。"

他这话多少有点演戏的成分在里面。

就在这时，池田突然想："啊，难不成伊佐美就是想把这句话说给自己听？"网站上的视频只不过是些细枝末节的事，从某种意义上来说，他之所以会说出那句话，其实是在将自己的生命交付给这名年轻记者。

池田再次观看起伊佐美给他的视频。

无论反复观看多少遍，都如伊佐美所言，这是段平淡无奇的视频，难以将其与案件联系起来。

也不知道是傍晚还是清晨，有人从稍远的地方靠近枫叶园。手中的镜头晃得相当厉害，有时候还会拍到脚下。视频中的人并没有直接从正面玄关进入，而是从停车场绕到后方，在紧急出口进入建筑内部，然后视频结束。

不过，在重复看第三遍的时候，池田突然发现一件事。

不晓得拍摄者穿的是大衣还是什么，当此人穿过停车场的瞬间，也就是在镜头稍微向下时，拍到了些许白色的底襟。

是女性的薄大衣吗？

池田将开往车站方向的车掉头，他想再看一眼视频里的场所，于是转动方向盘前往枫叶园。虽然他也清楚就算过去看了也不会知道些什么，但感觉自己从伊佐美刑警手中接到了一份不可思议的任务。

半路上，他感到饿了，决定先填饱肚子，于是把车开进街道旁的日式家庭餐厅。虽然是沿着街道一侧，但周围显得空荡荡的，停车场的后面是一片宽阔的农田。

下车后，挂着链条的停车场对面的一栋房子里，停着一辆貌似在哪里见过的汽车。那是一辆露营用的吉普车……

想起来了。

是刚才在视频里看过的车。那是停在枫叶园员工停车场里的一台车，池田记得去那里取材时，曾和这辆车的车主，一位女性看护领班聊过。虽然不记得对方的名字了，但那时她刚好从这辆车上下来，他一边称赞这辆车一边搭话，两人聊了很长时间，从案件一直扯到露营用的汽车款式。记得对方确实说过，她很擅长给员工们做艾灸。

池田一边回想着这些事，一边看着这辆车。这时，那个女人从家里走出，搬动着玄关前的盆栽。

果然是她。

"不好意思，您是枫叶园的人吗？我是之前曾过去取材的东京那边出版社的人。"

池田跨过围住停车场的链条，走到对方跟前。

女人似乎也对池田有点印象，点头"啊"了一声。

"碰巧来这家餐厅吃饭，结果看到了您的车。露营用的吉普车果然最帅了。"

池田悠闲的语气似乎让对方放松了警惕。池田递出名片，重新打起招呼。这个女人果然是枫叶园的看护领班服部久美子。

她身后的房屋，是小木屋风格的独栋住宅，玄关旁放着一把像是手工制作的秋千风格的长椅。服部手里拿着空的水壶，似乎是出来浇花。

"德竹会的事件？"服部问道，池田如实点头说："对。"

服部夸张地叹了口气，自顾自地嘀咕道："真是的，这到底是怎么回事啊。一想到这回是德竹会的人被怀疑，就觉得她们很可怜。"

这时，池田身后传来脚踩砟石的声音。

回头望去，一群男孩子似乎是在抄近道，从旁边餐厅停车场跨过链条走了过来。

仔细一看，领头的是个女孩，她一边走一边用手机录像，男孩们跑到镜头前，跳起莫名其妙的舞蹈，女孩则对他们的舞蹈哈哈大笑。

"现在好像很流行将那种视频上传到软件上。"服部说道。

从年龄来看，这群孩子中的某一个，应该是服部的孙辈。

这群孩子一共五人，男孩子们因为个头不太高，看上去都一样稚嫩，相反，那个女孩看着就很成熟。

"三叶，你跑去哪里了？"

听到服部的询问，女孩抬起头冷淡地回答道："购物中心。"这个女孩应该就是服部的外孙女。

"去那里干什么啊？"

"拍视频。"

就在服部跟外孙女对话的间隙，其他的男孩子直接走进屋内，抱着各自的包走了出来。然后异口同声地对服部说了句"打扰了"，接着他们再次跨过链条，回到马路上。

然后，服部的外孙女也不知在什么时候，跟着那群人离开了。

女孩长了一张很可爱的脸。

池田不自觉地看着离去的孩子们，服部则笑着说道："很吵吧？"

"那是您外孙女吗？"池田问道。

"对，虽然只是替她父母代为照顾，但总这样跟那群男孩子出去玩，真是丢人。"

"她长得真可爱，肯定很受男孩子们欢迎吧？"

"谁知道啊。最近的男孩子们都很乖，很温柔。"

"好像还真是这样。"

"他们都说是我家孩子的粉丝，即使她说出任性的话，他们也都会听。他们之间的关系确实不错，只不过我家孩子容易得意忘形，总是把男孩子们当成用人使唤。这个疯丫头，真是丢人。"

"他们？"

池田不禁回头看向孩子们离去的方向。

"今天天亮前，我曾带他们去湖边观察野生鸟类。不过我只负责接送这群孩子。"

"观察野生鸟类？"池田鹦鹉学舌般地问道。

"从这群孩子上小学时起，我就会带他们去观察。所以他们的父母都会很放心地把孩子交给我。"

"这附近能见到野生鸟类吗？"

孩子们天亮前出门观察野生鸟类的行为，令池田有些好奇。

"只要在琵琶湖附近，就能见到野生鸟类，不过由于琵琶湖很大，南北两侧聚集的鸟不太一样。因为有厕所和自来水管的地方较为方便，所以我们都会前往露营区附近，今晨就是借用西湖野鸟中心的小屋。"

池田一边听着服部的话，一边联想着黎明前琵琶湖的样子。当然了，在之前的采访中，他也曾目睹过晴空万里以及被雨水击打的琵琶湖，因此他可以想象出那些鸟在倒映着朝霞的湖面上飞舞的动人场景。

"从黎明一直到天完全亮起，孩子们丝毫没有厌倦地用望远镜观察着鸟儿们。这让我觉得，带他们过来是有意义的。"

"从小学时起，孩子们就已经在河边观察了？"池田突然产生了一个疑问，虽说是黎明时分，但湖畔应该一片昏暗才对。

可没想到，服部像是在辩解一样回答道："他们还在念小学的时候，我或者我先生都会陪着孩子们。等上初中后，他们就觉得我们碍事，但我们还是会送去些热汤之类的东西，因此不会让孩子们一直独自待在那里。"

服部似乎认为池田是在责备她。

砾石再次发出响声，回头望去，只有服部的外孙女回来了。

池田想要改变一下现场的氛围，于是向三叶说道："听说你喜欢观察小鸟？"

听到池田提问的少女停下脚步，一脸成熟地点头道："算是吧。"

"这一带有什么种类的野生鸟类啊？"

"很多种，如果从珍稀度来讲，那就是赤翡翠了。"

"赤翡翠？"

"翠鸟的一种，由于身体和喙都是红色的，所以相当受欢迎。"

"很小吗？"

"比鸽子要小。"

虽然讲话很生硬，但女孩在认真回答问题。

"要是能做一本湖畔野生鸟类写真集就好了。"

池田突然说出了这句话。他的这番话并非想要讨好少女。

"啊，对了。这位是东京一家杂志社的记者。你姥爷不是会买周刊杂志吗？就是他们家出的。"

少女听完服部的话后，眼神看上去有了些许变化。

"初次见面。"池田寒暄道。

"那份杂志，有偶像的彩页吧？"

少女问道。池田很实在地回答说："有的。是卷头彩页。"

"你是彩页的负责人吗？"

"不是，还是新人的时候曾负责过一段时间，现在已经改写报道了。所以才会想如果能做一本野生鸟类写真集，应该能转换一下心情。"

这是他的心里话。

"那个，可以的话，要不要进来坐一下？家里有三叶拍摄的照片。"

听到服部的邀请，池田看向三叶。她看上去虽然并不欢迎自己，但似乎也没有不乐意。

"可以吗？"池田问道。

"没什么，可以的。"三叶也微微点了点头。

服部将池田请到了客厅。服部的丈夫好像不在家，室内装潢也是小木屋风格，家具则是统一的北欧风格，墙上挂着的似乎是自己拍摄的雪山照片。

不一会儿，三叶从二楼抱着数本相册跑到楼下，她貌似是从自己房间里拿出来的。她将相册放到桌子上，然后站在一旁。她不知何时换了一身衣服。

"你来说明一下吧，记者先生不知道都是什么鸟。"

有些吃惊的服部似乎正在厨房里泡茶。

将相册打开的三叶坐到了池田身边，相当仔细地给他介绍鸟的种类。不知为何，一谈到这些她就变得孩子气起来，这种态度让人能直接地感受到她对野生鸟类的喜爱。

"这就是刚才提到的赤翡翠。在九州南部和冲绳有很多，这边其实也有不少，但并不是随时都能见到的，所以要是能看到的话，算是有些幸运了。"

"比想象中的还要红。"

"赤翡翠会捕捉青蛙来吃，那个时候会很凶暴。"

"凶暴？"

这个词与三叶那双闪亮的黑眸很不搭。

三叶还展示了其他鸟类照片，包括黄苇鳽、彩鹬、三宝鸟等池田几乎没有听说过的种类，并且很热情地介绍了这些鸟的生态。不知何时泡好茶的服部也坐了下来，倾听着外孙女的说明。

池田一边喝着端来的茶，一边听完三叶第一本相册的说明，当话题转移到湖畔观察时，他想先去趟厕所。不过一楼的厕所似乎堵住了，于是三叶便带他去了二楼。一上楼就是三叶的房间，房门并没有关上。

"在这边。"

短短的走廊尽头便是厕所门。池田道了谢之后走了进去，很快就听到三叶下楼的脚步声。

从厕所出来的池田来到走廊，不由得窥视起三叶的房间。那是初中女生的房间，里面散发出不同于香水的甘甜香味。

书架上摆放着数本野生鸟类相册。上面空缺出来的，似乎就是三叶精挑细选拿给他看的相册。池田的目光看向相册下方，《看护医疗知识》《看护福利入门》等书籍也摆在其中，这应该是服部将自己的书也放到了里面。

一楼传来服部的笑声，池田走下楼。

桌子上摆放着另一本被打开的相册。这本并不是野生鸟类的相册，而是湖边各地用来观察野生鸟类的场所的纪念照。

"还是先看看地图比较好吧？"

听到服部的话，三叶从相册后面拿出了似乎是她亲手绘制的琵琶湖地图。那是她精心制作的地图，上面标记着露营场所以及野鸟中心的分布，并且详细写有可观察到的野鸟种类。

下个瞬间，池田不禁探出身子。

在三叶翻阅着的相册里，有她跟朋友们身穿白袍的照片。身穿白袍的三叶等人，站在写有"近江水鸟公园"的石碑前。

白袍显得很宽松，应该是给大人穿的，有几个孩子的袖子卷上去好几层，其中有的男孩子的衣摆直接拖到地上。或许正是因为如此，照片给人一种异样的感觉。

"为什么大家都穿着白袍？"池田问道。

三叶斜眼看了下服部。

"这些孩子都是生物部的成员，包括刚才那些孩子也都是。"

或许是错觉吧，池田感觉服部的语速变快了一些。

"啊，生物部啊。"池田一下子明白了。

"你们是在调查湖中水草之类的生态问题吧？"服部快速对三叶问道。

"都说不是水草了，是依附在水草上的害虫。"三叶有些不耐烦地回答道。

"害虫？"池田不禁重复道。

三叶的语气有些冷淡。

"最近的初中生，净是研究些稀奇古怪的东西。"

服部夸张地笑了起来。三叶看上去似乎还想说一些关于害虫方面的事，但被服部这么一笑，有些不太高兴。她突然站起身说了句："不用我再说些什么了吧？"然后想要返回二楼。

"啊，不好意思。感谢你告诉我这么多。"

三叶发出粗鲁的脚步声回到二楼。池田一边笑着看向吃惊的服部，一边再度翻阅起相册。

一听到是生物部的成员，便不再有那种特别的违和感了，但不知何为，池田总觉得身着白袍的孩子们看上去很怪诞。

在下个瞬间，池田的手停住了。

身着白袍的孩子们在相关地点所拍摄的照片上面贴着写有日期的贴纸，上面的日期正是枫叶园市岛民男遇害的那一天。由于是并列的数字，所以他记得很清楚。

"啊，都这么晚了。"

此时服部变得慌张起来，似乎是快到上班的时间了。

池田立刻起身，对服部说有可能会再次请教关于枫叶园的事情，然后又说了些场面话。他表示如果真能将今天所见到的野生鸟类做成彩页的话，还会过来继续取经，接着便告辞了。

池田向车的方向走去时，不禁发出苦笑。虽然觉得有些愚蠢，但不知为何，他将从松江那里听来的那些少年的事，和三叶他们的身影重叠在了一起。

他刚走上车，便火速打开了那个叫作伊佐美的刑警告诉自己的视频。

朝枫叶园方向走去的镜头，摇晃得相当厉害，并且拍到了拍摄者的脚边。那个看上去似乎是女性大衣的白色衣摆，其实也很像是白袍。

池田再次发出了苦笑。

怎么可能……

除此之外，他再无其他话可说。

池田给之前住过的酒店打去电话预约当日的住宿，然后发动汽车。在行驶片刻后，他来到了湖畔。

就在这时，他踩着油门的脚突然松开了。连他自己都不知道发生了什么事，他急忙重踩油门。万幸后面没有其他车辆，自己只是跟前方的汽车拉开了较远的距离，但刚才的自己一定是注意到了什么，这才将意识从驾驶上移开。

紧接着，他"啊"了一声，写有"西湖野鸟中心"的看板从窗外略过。

"白袍"这个词脱口而出，此刻，不同年代与地点的孩子们的身影重叠在了一起。

正好遇到宽阔的路边，池田把车停了下来。

他立刻用手机打开这附近的地图。首先查看的是发生过案件的枫叶园与德竹会的位置，然后将位于湖畔的露营区和野鸟中心连在一起。

在距离枫叶园一两公里，步行约十五分钟的地方，有片朝雾露营区。而靠近德竹会的西湖野鸟中心，距离这里大概有两公里，虽然路程相对较远，但也是可以步行过去的距离。

池田做了个深呼吸的动作。从旁边驶过的大货车所带来的风压，令汽车瞬间产生摇晃。此时池田的脑海里浮现出的是围绕在瘫痪在床的市岛民男床边的男孩子们。他们身后站着的是双臂交叉的三叶，这让池田不禁感到背后发凉。

"不，难不成……"

他如此嘟囔道，这便是他心中所想。可把这种事说出口，又觉得太荒唐了。

"难不成……"

即便如此，池田还是再次重复了一遍相同的话。

他注意到手机在响，于是接起电话。是渡边主编打来的。

"喂，池田吗？刚才警方打来电话，说抓到了把你推进神田川的那帮家伙。"

"你说什么？"由于事出突然，池田有些不知所措。

"被抓的是那一带的地痞流氓，他们似乎是搞错人了才误将你推进河里。"

"搞错人了？"

渡边说通过酒店街的监控拍到了四个男人，根据其中一人的供述，说池田长得很像前女友的出轨对象，于是想要威慑一下，这才将他绑走，半开玩笑地把他推进了河里。

"怎么可能……"

被绑到车上时，对方并没有说过这些。

"这绝对是胡说。"池田反驳道。

"我也是这样认为的。实际上，接到警方的联系后发生了一件有趣的事。"

"有趣的事？"

"是的。上面下来通知，让咱们不要再追查药物伤害事件。"

"什么？哪个上面？"

"上面就是上面。"

"究竟是怎么一回事？"

"恐怕是咱们的高层跟什么人做了某种交易吧，让咱们不要再追查药物伤害事件。作为补偿，会提供更好的信息给咱们……"

"渡边主编。"池田插嘴道，"那个更好的信息是什么，您应该已经知道了吧？"

或许是因为池田的语气显得相当确信，渡边发出笑声并说道："你也在不知不觉中成长了。"

"请告诉我吧。"

"是前不久刚结婚的知名富二代私生子的丑闻，私生子的母亲是个当红偶像。"

池田面如土色。按照大众杂志的受众喜好来看，二十年前的药物伤害事件，在知名富二代和当红偶像的私生子丑闻面前，瞬间被夺走了所有关注。

"也就是说，渡边主编这边也没问题了吗？"

池田心如死灰地问道。渡边并没有回答。突然，他的脑海里浮现出伊佐美刑警的脸。并非现在的他，而是二十年前药物伤害事件被告知无法进行起诉时，放声大哭的年轻伊佐美。

"很令人愤恨吧？然而，逐渐习惯这种愤恨也是咱们的工作之一。"

就在渡边准备挂掉电话的时候，"请等一下。"池田说道，"枫叶园那边，我能不能继续追查下去？"

"啊，那边的事你可以继续调查。不过我有言在先，你很快就会明白这个世界的组成部分了。"

就在挂断电话的瞬间，池田的身体突然变得无比沉重。

○

圭介正在整理堆积如山的文件，这时生活安全科的女刑警走了进来，也不知在和谁说话。

"前台有人想反映一下关于枫叶园的案件。"

之前也发生过相同的事，是佳代让他们看YouTube视频的时候。圭介身边的伊佐美似乎也想到了此事，于是站起来问道："这次是谁？"

"似乎是枫叶园的看护师，对方要求见负责人。"

女刑警说出了和之前相同的话，但她自己似乎不记得了。

圭介有一种不好的预感，于是赶紧跟在伊佐美身后。

不好的预感成真了，佳代和之前一样站在交通科前台旁的自动贩卖机前。

"搞什么，怎么又是那个女人？"

伊佐美在楼梯上停下脚步，圭介一言不发地站在旁边。

"她又发现了什么？"

伊佐美慢悠悠地走下楼，轻声细语地问道："前些天多谢了，今天又有何贵干？"

然而被问话的佳代却异于寻常地猛烈颤抖着身体。

"那个……是我，做的。是我……关掉了市岛先生的呼吸器。"

面对这相当唐突的发言，不仅是圭介，就连伊佐美都没有做好心理准备，所以他花了点时间才理解了佳代这番话的意思。

"什么？"等待片刻后，伊佐美这才反问道。

"不好意思。"

圭介不禁拉住佳代的手，伊佐美也在这个时候向后退去。

"啊？不好意思……你刚才说的是什么？"

伊佐美再次问道。语气就像是想到了什么好笑的事一样。

"伊佐美前辈，不好意思，能让我们稍微谈一下吗？"

直觉一向很准的伊佐美见到圭介如此慌张的样子，似乎就清楚了二人之间的关系。刑警与案件相关人员发生关系，虽然是荒谬绝伦的事情，但伊佐美也并非没有这方面的经历。

实际上，警署里就有关于伊佐美的传闻。据说他和某涉案男性的情妇发生过关系，后来分手时，那个女人还来警署闹过。

"不过，她刚才说关掉呼吸器的人是她……"

伊佐美嘲弄般地重复着佳代说过的话。

"伊佐美先生，让我们两个稍微……"

伊佐美按住圭介的肩膀，然后更加讽刺地说道："那怎么可以？这样一来岂不是正大光明地坦白了吗？"他粗鲁地推着圭介，"不要站在这里说话，去审讯室问清楚了。"

佳代站在两个男人的面前一动不动。

"过来吧。"

圭介抓住佳代的手腕，想将她带出去，但伊佐美挡在他们面前，扭动着下巴说："审讯室应该在二楼吧？"

圭介觉得要是在这里发生争执的话，会引来他人的注意，于是迫不得已拉着佳代前往二楼。

本以为伊佐美会跟上来，不过万幸那个家伙没有坏心眼儿到这种程度，而是开始和交通科的新人女警官打趣起来。

圭介将佳代推进走廊最里面的审讯室，然后怒吼了一声。

刚一关上门，他就闻到了佳代身上的味道。那是她平时擦抹身体的精油香味。

圭介让佳代坐到折叠椅上，然后自己也在她面前坐了下来。只剩下他们两人后，圭介多少镇定了许多。

"非常抱歉。"

佳代还是老样子，湿润的眼睛盯着下方。

"你这是在干什么？"

佳代只顾盯着下方，依旧和以前一样，似乎在等待着圭介接下来的指示。

"喂。"

下个瞬间，佳代自顾自地说起话来。

"是我，做的。是我……关掉了市岛先生的呼吸器。"

"喂！"

圭介不由自主地发出怒吼。积攒的愤怒在这个时候爆发了，他将两个手掌拍在桌子上，佳代则被吓到耸起肩膀。

"你果然脑子有毛病！这里可是警察署啊，你知道自己在做什么吗？这里可不是和你做那种事的地方。"

"是我做的……是我……"

即便如此，佳代依旧想要继续虚假的招认。

"现在有感觉了？"圭介用气声问道。

佳代微微点了点头。

"滚回去。"

他只说了这句话，然后便将佳代推出审讯室。

佳代在走廊上站了片刻，最后放弃似的走下楼，就这样离开了警署。伊佐美从交通科的前台处，饶有趣味地看着这一切。

○

德竹会后方的广阔田地延伸出一条小径，直接通到车站方向的县道上。

由于没有红绿灯，在等待车辆分流的时候，建筑公司的轻型卡车放慢车速，让池田的车驶进车道。池田驶入马路后，打开双闪以示感谢。

开到县道上后，池田很快就看到一家便利店。他转动方向盘，将车驶进宽阔的停车场。这里是距离德竹会最近的一家便利店。他把车停好后拿出手机查看，再次确认起西湖野鸟中心与德竹会相连接的路线。

当然，走这条路其实是最近的，如果从田间小路或者村落穿过的话，怎么走都可以。返回的路线池田也已经确认过了，在县道沿线上有四五家便利店和家庭餐厅。每家都是建有大型停车场的郊区店，估计不会有监控会将县道的人行道录进去，不过如果是加油站的话，应该会有那种可以拍到进出车辆的监控。

池田下车后，确认起便利店监控的位置。门口的自动门上有一台，不过从角度来看，应该无法拍到人行道，停车场则没有监控。

池田走进店内。他一边假装挑选瓶装茶，一边确认收银台与店内的监控，但那个角度也只能拍到店里。

他拿起一瓶茶走到收银台。好在没有其他客人，站在收银台前的是个胸前挂着店长牌子的男人。

"那个……我有个事想稍微打听一下。"池田在递出瓶装茶的时候问道。

"有什么问题吗？"热情的店长面带微笑地回答道。

池田直接坦言自己是为了采访德竹会的事，从东京前来的记者。

"不知道您是否还记得在案发当天的凌晨左右，或者是天快亮的时候，有没有初中生样子的孩子们来过店里？"

店长的脸瞬间僵住了，但立刻回忆般地说道："初中生？这个嘛，虽说白天我几乎都在店里……"

"应该是三点到六点这个时间段。"

"啊，你是说深夜期间吗？那应该没有。是一群初中生吗？"

"可能有五六个人，也有可能只是一个女生。"

"这个嘛，如果有女孩子深夜来店里，我应该能记住。毕竟这里的深夜几乎不会有客人。初中生社团活动的学生们就算再早过来，也得七点以后了。"

店长的记忆力似乎值得信赖。当然了，身穿便服的初中生虽然有可能看上去很成熟，但终归都是孩子，晚上看上去会很幼稚。

"那个，监控只有这里、店里面，以及自动门上吗？"

池田自以为说得很含糊不会引起怀疑，但店长的脸上还是浮现出警惕的神情。

"这种事需要警方出面……"

"不好意思，多谢了。"

池田匆忙告辞离开。他回到车上，在笔记本写上便利店的分店名，监控的位置以及目击情报。

　　池田启动引擎，将车驶回县道。接下来，他把车停靠在全国连锁的家庭餐厅前。走到店里后，他便假装在等人，然后在店内徘徊，确认监控的位置。这里也没有可以拍到外面道路的监控，而且营业时间是从早上九点到凌晨一点。

　　返回车内，他继续在县道上行驶。汽车在大型十字路口转弯，来到对面车道上的加油站。那是一家自助加油站，能看到很多监控，果然这里有对着县道方向的监控。不过，加油站是不会让他查看监控的，池田只是记下监控的位置，然后就这样返回县道上。

　　之后他又去了两家便利店，但收银台的人都是临时工，他只能无功而返。

　　池田来到了野鸟中心的停车场。天空乌云密布，看上去将有一场大雨来临但却迟迟未下，唯有湿气缠绕在自己的皮肤上。

　　池田步行穿过露营区，朝湖畔走去。此刻，有很多水鸟正在湖面上休息。

　　太阳一边将湖面照射出万般色彩，一边缓缓落下。这充满了田园风光的景色，令池田突然觉得自己的想法跟疯了一样。

　　来观察鸟类的三叶和男孩子们在黎明前，快步穿过县道，朝医院方向走去。然后他们关闭了放置在瘫痪在床的老人喉咙上的呼吸器。虽然这种想法在池田脑海里挥之不去，但他并没有什么证据。非要说有的话，也只有松江的回忆。沉眠在冰中的孩童油画，看护师服部的孙女以及其朋友的身影与池田脑海中的想象重叠在了一起。

松江回忆中出现的那些男孩子们，散发出罪恶的气息。不知为何，那股气息同样笼罩在眼前的这座琵琶湖中。

池田凝视着在湖面上嬉戏的水鸟片刻后，做了个深呼吸。他有股像是被什么东西给激发的冲动，那是一种若隐若现的急躁心理。

就在他回到停车场，准备打开车门时，身后传来男人的声音："等一下。"池田回头望去，西湖署的伊佐美正站在那里。

"啊。"

池田不禁发出叹息。他能出现在这里，就说明他很有可能一直在跟着自己。伊佐美毫不客气地走到池田面前。如果是汽车之间的话，此时是足以令怒路症发作的距离，但他本人似乎并不在乎，难不成这就是他平日与人相处的距离？

"在这附近的便利店里发现什么了吗？"

伊佐美靠得更近了。池田条件反射似的回答说："没有。"不过在他眼前的这个男人，有可能是自己的同伴。

"署里接到通报，是这附近的家庭餐厅报的案。说有形迹可疑的男人在调查监控的位置。你在偷偷调查什么呢？"

虽然神情严肃，但是伊佐美的语气却很亲近。

"我们的工作就是偷偷进行调查。"池田回答道。

仔细一看能发现，伊佐美的衬衫衣襟上面留有污渍，应该是一直没换衣服，也有可能是为了办案没能回家。池田脑海中突然浮现出工作到天明的编辑部。

"你是不是在对面的便利店打听，有没有一群初中生在深夜到黎明时分出入过店里？你这是在为什么事取材？"

池田知道，如果得不到警方协助，自己是无法获取监控内容的。

"那我就说了，我这边是获取了些情报。不过，需要你拿其他情报来交换。"

池田特意谈出交换条件。

伊佐美大概觉得没必要纠缠下去，于是回答道："有消息我会先告诉你，不过仅限能够公开的情报。"

"可以请你调查一下从西湖野鸟中心到德竹会这段路程上的监控吗？"池田单刀直入地拜托道，伊佐美则皱起眉头，"既然你一直在跟着我，应该也有所察觉了吧？"

"监控拍到了什么？初中生又是指什么？"伊佐美突然焦急起来。

"请等一下，还请按我说的顺序来做。"

"德竹会内部的监控自不必说，那附近的监控，我们警方早就调查过了……"

"德竹会周围满是田地，几乎不会有店家或者住户安装监控吧？我说的其实并不是那些，而是从西湖野鸟中心到德竹会这段距离里的监控。"

"所以说，监控到底拍到了什么？一群初中生又是指什么？是有人给你提供过线索吗？"

"请……请冷静点。"

池田不禁安抚起几乎失去理智的伊佐美。在这种情况下，说没有人给自己提供情报，这单纯只是自身的直觉，其实是件很容易的事，但警方不可能因为这种理由而行动。

故此，池田特意露出烦恼的神情。

"我毕竟也是媒体人，无论如何都不能说出关于情报提供者的事情。"

或许是池田的演技太好了，伊佐美似乎相信了他的话。

当天，在返回东京的新干线上，池田被一股莫名的兴奋感所包围。在买了罐车内贩卖的啤酒后，他竟然不自觉地嘟囔出了一句"干杯"。

虽然没有根据可言，但他认为回到警署的伊佐美会理所应当地查看监控，并从中发现前往德竹会的服部外孙女三叶以及她的朋友们。

署里一定会引发轩然大波，接着在枫叶园的案子里，也能从监控中找到关于三叶他们的视频。

他并不清楚这些孩子究竟是基于怎样的理由，要杀害依靠呼吸器活下去的老人们。不过，三叶嘟囔过的"害虫"的声音，不知为何还能回荡在池田耳边。

关于这次发生的事件，池田觉得冥冥之中一直有什么东西在引导着自己。他碰巧因为其他事情的取材滞留在旧琵琶湖酒店的特别展示厅里，然后接到了关于枫叶园命案的消息。而装饰在展示厅里的，正是被害者市岛民男的照片。在调查他人生履历的过程中，池田知晓了市岛民男年轻时的那段历史。并在这段过程中见到了名为松江的女性。而将她的回忆与三叶等人联系起来的，正是这座琵琶湖。

池田只喝了一罐啤酒，然后便打开了推特。

他先使用三叶初中的学校名进行搜索，比预想中要简单，他找到了学生们的推特账号。有的人使用的是本名，和已经弄到手的初中生名单进行比对，池田立刻找到了似乎和三叶有关的学生账号。

野生鸟类，露营以及生物部等关键词成为重要线索。按照这种方式继续缩小学年以及行动范围等，他很快就找到了两个疑似三叶同班男同学的账号，其中一人用的还是本名。调查完这两人约五十个关注者的账号后，池田找到了有可能是三叶的账号。账号名叫作"miiiil"，估计是由三叶名字的首字母组成。

（今天补习班太累了。）

（白川兰的写真集真好看。）

内容虽然没什么特别之处，但最近的推文相当频繁，其中让池田确定这就是三叶账号的证据，是贴在电视画面上的附文照片，照片中室内的样子，毫无疑问就是服部家的客厅。

这个账号几乎没有人关注，似乎只是用来跟朋友们交流。

池田翻阅着过往的推文，但出现在眼前的都是些差不多的东西，净是些自言自语，只是偶尔会转发一些动漫电影的预告片或者偶像团体演唱会的信息。

池田之所以会有些亢奋，是因为再继续往前查看，应该会有德竹会以及枫叶园案发当天的推文。

池田查阅起自己的行程本，首先确定拜访服部家的日期，但当日与隔天三叶都没有发布推文，前天之所以会发布推文，只是因为朋友教给她游戏的通关方法而已。不要说池田拜访的事，就连暗示此事的信息都没有。

虽然有些失望，但池田继续翻看着枫叶园案件发生之前的推文。中间的推文池田虽然一扫而过，可他并没有看到三叶在枫叶园事件案发当日以及前后几日发过什么特别的推文，三叶只是转发了跟变戏法一样简单折叠T恤的视频，以及年轻漫才师的搞笑视频。

继续查看枫叶园案件发生前的推文，出现了许多在湖畔拍到的野生鸟类照片，但并没有附上特别的说明性文字。接下来的推文数量不断减少，一两个星期才有一次更新，而且只是上传了拍摄到的琵琶湖景色或者野生鸟类照片。

就在下一个瞬间，画面无法下滑了。与此同时，出现了三叶首次发布的推文。那是大约一年前的夏天。

池田盯着这条推文看了半天，他无法将视线移开。在他看来，这条推文属于意料之外，但也仿佛在情理之中。

这条推文分享了一条网站链接，上面并没有附加个人的评论。

分享的内容是发生在神奈川县残疾人托养机构"津久井山百合

园”的大屠杀报道。

这家机构的二十六岁的前男性员工，刺杀了十九名有认知障碍的入住者，并且还造成了二十六人轻重伤，成为日本战后死伤最严重的大屠杀事件。凶手有吸大麻的前科，案发前曾去过众议院议长公邸，提交过主张“实现残障人士安乐死世界”的信件。而且，凶手在被捕后依旧不断发出“没有生产力的人，没有活下去的价值”等相关言论。

池田离开座位前往卫生间。他不顾衣服被淋湿，将水拍打在脸上。

如果那个账户果真是三叶的，那么她应该就是因为接触了这条新闻才开始使用推特。池田有些混乱，他害怕所有的事情会联系在一起。他再次粗鲁地用水清洗着脸。喷溅出来的水弄湿了他的衣襟，并且流到了他的胸口。

池田回到东京的第四天，伊佐美就传来了令他期待已久的消息。

这四天时间里，池田确信伊佐美一定能够找到决定性的监控录像，可另一方面又因为迟迟得不到伊佐美的联系，认为自己是不是做出了错误的判断？

一看到伊佐美来电，池田如飞奔过去一般接起了电话。

然而电话那头的伊佐美则报告了如下内容：“我调查了所有能想到的路线内的全部店铺以及住宅的监控，在德竹会与枫叶园两起案件发生的那个时间段里，并没有找到包含女生在内的孩子们的身影。”

"等……等一下。"池田不禁插嘴，"真的认真调查过吗？"

虽然听到池田的质疑，但伊佐美的语气并没有发生改变，只是重复道："我调查了所有能想到的路线。"

就在同一天，池田又接到了其他情报。针对西湖署的滨中圭介刑警在枫叶园案件中，对看护师松本郁子进行审讯时所采取的不正当暴力审讯手法一事，对方决定提出刑事诉讼。

转天，池田再次前往滋贺县。监控的调查无疾而终，负责本案的刑警遭到起诉，再加上之前药物伤害事件的取材也被强制中止，这些让池田强烈感受到，所有事情都会这样结束。

池田来到服部家，服部与丈夫，还有外孙女三叶都待在家里。虽然毫无胜算，但他还是想碰碰运气。

正在用餐中的服部走出玄关，手中还拿着沾有果酱的黄油刀。她似乎误以为池田是为了野生鸟类的策划而来的，于是想要二楼的三叶下来。

"服部女士。"池田喊住了她。

池田先是说出德竹会案发的时间，接着询问服部是否记得那天深夜到黎明之前，自己做过什么。

池田这次并非为了野生鸟类，而是为了案件才来再度拜访服部家，这一点令对方很是失望，不过服部还是注意到了那个时间并反问道："什么？不是问枫叶园的事了？"

池田点了点头。

"那天的事我还有点印象，因为我在早上的新闻里看到德竹会也发生了类似的事件。那天我带三叶他们去湖畔观察野生鸟类了。是前一天半夜出门的，然后和大家一直待到早上。回家的时候是在八点前。由于那天是休息日，在那之后我就一直待在家里……不过，为什么要问这些？为什么要问我这些？"

服部的表情并没有因此动摇。

"三叶他们是指？"池田问道。

"就是她的那帮同学啊，池田先生不是也见过吗？"

"那天有多少人？"

"和往常一样。"

"孩子们是从琵琶湖各自回家的吗？"

"什么？"

"也就是说，孩子们……"

"不不不。是我开车带他们回来的，还在我家吃过早饭。"

这时，池田注意到了服部的异样。她的表情虽然没有发生变化，但视线却紧盯着那把用手指不断触摸的沾有果酱的黄油刀。红色的草莓酱弄脏了服部的手指，但她完全没有在意此事。

"可以帮我叫一下三叶吗？"池田面无表情地说道。

"什么？"

服部明显开始慌张了起来。

"可以帮我叫她出来吗？"

"叫三叶？可以是可以，为什么呢？"

服部丝毫没有注意到，自己的手掌握住了那把黄油刀。

"拜托你，帮我叫一下三叶。"池田再次重复道。

听到池田的声音，三叶将脸从客厅里探了出来。她似乎听到了他们之间的谈话，但不知为何，从她的眼睛中浮现出挑衅的目光。

"你听到了吧？"池田说道。

"什么？"

三叶在装傻。

她肯定听到了，服部的丈夫因为担心此事也来到了门口。

"那天早上，你们一直都待在野鸟中心吗？"池田问道，此时的他相当着急。

"等……等一下。池田先生，你到底想要问些什么？"

服部走到池田和三叶中间，然而池田却大声说道："你们并没有一直待在琵琶湖那边吧？你们其实是去了德竹会那边！"

"等……等一下！为什么突然这样说？太莫名其妙了，你给我离开这里！"

失去理智的池田输了。他不禁想要抓住三叶的手腕，但却被服部的丈夫制止了。

"等一下！你在做什么？我真要报警了！"

激动的服部光着脚踩在三合土上，她推着池田的身体。池田完全可以还击回去，但此时的他却感到全身一阵虚脱。

"对不起。真的很对不起……"

池田突然垂头丧气，但服部仍想要把他轰出去。池田看了三叶一眼。她被外公挡在身后，可那双眼睛里明显带有笑意。

"三叶……"

池田忍不住叫出声，就在这个瞬间，门在他的眼前被关上了。

池田感到绝望，到最后所有的一切都在自己眼前消失了。而令他最为绝望的是，他明白了自己长久以来一直生活在这种绝望感中，只不过是已经养成习惯了。

不知为何，每个星期杂志社发行的周刊杂志的头条标题，都跟走马灯似的从他眼前一闪而过。

池田突然想：如此的不甘，真的能习惯吗？

落败的池田回到了车上。

汽车发动后，受到打击的他驶向琵琶湖。

他像是要将车开进湖中一般猛踩油门，然后在湖水旁急踩刹车。

眼前是一片平静的湖面。当然了，它并不会给池田任何答案。

〇

佳代的车，在比圭介晚了三十多分钟的时候，出现在北湖的别墅。

圭介坐在玄关的门廊上，等待着佳代的到来。从这里可以很清楚地看到车灯沿着湖畔的道路，于黑暗中照亮树木，朝别墅驶来。

汽车驶入别墅附近，或许是由于车灯照出了圭介身影的缘故，似乎受到惊吓的佳代从很远的地方就把车停了下来。

圭介朝车灯招手，佳代的汽车碾过砾石，缓慢向前靠近。

黑暗中无法看清手握方向盘的佳代的脸。

她关闭引擎，熄灭车灯。四周瞬间沦为黑暗。

圭介命令下车的佳代，当场脱掉衣服。

佳代没有犹豫，直接脱了下来。

圭介有些不明白，这个如此听话的女人，到底算是自己的什么人？他不清楚，那毫无羞耻心可言的模样，究竟是令人气愤，还是令人怜爱？

圭介站起身，他粗鲁地拉着佳代的手往前走。月亮紧随其后。从砾石路走到湖畔的脚步声，在森林中回荡着。

风止，湖静。

圭介拉着佳代的手，穿过延伸在芦苇滩中，用来停靠游艇的浮码头。

刚才在车中联想到的悬崖峭壁突然浮现在脑海中。好在浮码头并没有什么高度，但夜晚的琵琶湖深处无尽的黑暗之中。

圭介让佳代站在浮码头的前面。

他命令对方脱掉鞋，佳代的眼中透露出了不同寻常的胆怯。

"跳下去。"

一听到这个命令，佳代就握住圭介的手。

"我不会游泳。"

她的声音在颤抖，眼中还含着一层浅浅的泪水。

"我会救你的。你不相信我吗？"

"但是，我真的不会游泳。"

佳代的眼神彻底绝望了。原来眼睛也是可以绝望的，圭介突然产生了这样的想法。

"你不相信我吗？"

圭介再次慢悠悠地问道。佳代只是疯狂转着眼珠，不做任何回复。

圭介接下来不再说任何话，只是默默等待佳代的回应。

"你能信任我吧？"

经过片刻等待，圭介再次问道。佳代心灰意冷地点点头。

圭介掏出从别墅带出来的黑色手铐，佳代的脸色变得更加惨白。

然而圭介还是无情地铐住了佳代的双手。

在这片风景中，只有黑色手铐显得格格不入。

"我真的不会游泳。"

此刻佳代发出来的已经称不上是声音了，就像是器官在颤抖。

"跳下去。"

圭介冷静地下达命令。

佳代则疯狂地摇摆着脑袋，像是随时都会瘫倒在地。但她还是缓慢移动双足，朝浮码头的尽头走去。

○

刚一走到浮码头的尽头，佳代的身体就激烈地颤抖起来。要是不抓住什么东西的话，很难站得住。

佳代将视线望向夜空，深夜的琵琶湖水位相当深，即便高度不过几十厘米，依旧如悬崖般恐怖。明明远方的天空比湖底更遥远，可看上去反倒触手可及。

身后能够感受到圭介的气息。

"你不相信我吗？"他问道。

"你能信任我吧？"他再次重复道。

佳代将右脚的大脚趾伸出浮码头的边缘。虽然只是伸出个脚趾，她却感受到仿佛全身都沉入湖底般的恐怖。

她认为，就算自己溺水了圭介也未必会救自己。

和此事相比，自己的生命掌握在他手中这一点，反倒让佳代获得了勇气。

被命令跳下去的自己没有选择的权利。究竟是溺死于此还是被救上来，决定的人并非自己而是圭介。

远处的水鸟扇动起翅膀。倒映着月色的湖面被激起水波，向四周散去。

被铐着的佳代，双手用力握在一起。两只手仿佛在相互求饶。

佳代慢慢环视起湖的四周，她将对岸郁郁葱葱的森林以及湖面上的波纹深深印在眼中。

她想看到圭介的脸，但最后并没有回头。就在佳代决定不回头的那个瞬间，她的身体突然变轻松了。

佳代没有丝毫犹豫地将身体前倾。

脚下的浮码头以及眼前的景色开始晃动起来。

就在身体飘浮在空中的下一个瞬间，冰冷的湖水将她包裹了起来。手腕上的手铐突然变得好重。她的身体在以惊人的速度不断下坠。

在湖中……

在产生这种感觉的瞬间，扩散在水中的头发被一股强大的力量拖向湖底。

就这样死了吗……

她这样想着。不知为何，身体竟然变热了。

她感觉有人在看自己。黑暗的湖底有一扇圆形窗户，有人通过窗户在看着自己。

是谁？

是一个女人。

那究竟是谁？

湖中一片漆黑。她看到了沉在湖底身体无法动弹的自己，看到了湖畔芦苇滩被警车的红色车灯照亮的样子。湖上有好几艘游船，湖面被刺眼的探照灯照亮。

她还看到了被当作杀人犯遭到逮捕的圭介。在狭小审讯室里垂头的圭介，就和松本郁子一样，身心遭到蹂躏。

这样一来，圭介一辈子都无法离开我了。

佳代突然想到这些，然后产生了这样的感受——我的一生可以任由圭介支配了。

就在这时，她的身体突然被拉了上去。一瞬间，之前从未有过的不适感一股脑地全涌了上来。

吸进湖水的鼻子感到一阵剧痛，她的喉咙被掐住，肺部就像被什么人踩了一脚似的。

就在佳代因为疼痛发出叫声的瞬间，冰冷的湖水一口气涌进她的喉咙。张开的嘴巴几乎令下巴脱臼，与此同时，她的脸浮出了水面。咳嗽、喝水、再咳嗽，水再次涌进口鼻。

圭介抱住佳代，他的脚在水中激烈摆动着。脚踢着水，踢着佳代的大腿，他拼命游向岸边。

"放松！"

"抱住我的脖子！"

"别乱动！"

耳边响起圭介的怒吼声。也不清楚是他们二人在湖里面的水声，还是森林里鸟类飞动的声音，佳代仿佛听到了琵琶湖的呐喊。

在注意到那其实是自己的喊叫声后，佳代瞬间回过神来。

　　佳代被淋湿的头发贴在发出吼叫声的圭介脸上。浮码头在她的视线里向四周晃动，位置慢慢变得清晰起来。

　　佳代意识到了自己的呼吸，与此同时，她的脚尖触碰到了湖底的石头。

　　她的另一只脚还在挣扎着向前伸，这次佳代的脚底确实踩到了湖底的淤泥。

　　一旁的圭介呕吐不止。他的肩膀在剧烈地上下晃动，从口中流出来的也不知道是水还是唾液。

　　肩头露出湖面，晚风拂过佳代湿漉漉的肩膀。

　　在圭介的帮助下，佳代从湖中爬出。她痛苦地呼吸着并瘫倒在散落着流木的沙滩上。奇形怪状的流木就和此时的自己一样，像是在湖中溺水的人。

　　突然，呕吐感涌了上来，佳代胃里的东西连同湖水一同吐了出去。

　　呕吐的过程中，呼吸再次变得难受。

　　佳代四肢朝地，如野兽般弯起后背做着深呼吸。同样被湖水拍打着身体的圭介，他粗大的喘息声回荡在湖面上。

　　过了一会儿，圭介慢慢爬到沙滩上，就像是要完全覆盖住对方一般，扑向四肢朝地的佳代。

　　"你是傻子吗？我要是不跟着跳下去的话，你现在就死了。"圭介大骂道，呼吸变得凌乱。

　　在圭介的推搡下，佳代整个人倒在了沙滩上。圭介压在倒在地上的佳代身上。

二人的影子在月光下宛如野兽一般，看上去就像猛兽在撕裂猎物的腹部。

"喂！我要是没救你的话……"

圭介的下巴还有头发都在滴水，滴下来的水落在了佳代的脸上，她没有看对方的脸，而是望向他身后的星空。

就这样死掉吗……

在湖水中想到此事时，身体突然热了起来，那种感觉也再度复苏。

"为什么……为什么不让我就这样死掉？"

她说出连自己都不曾想到的话。当然，她从未有过想去死的念头。但她也做好了如果就这样死了，那就接受死亡的觉悟。

"愚蠢，太愚蠢了！我叫你去死，你就去死吗？"

愤怒的圭介捶打起沙滩，溅起的沙子落在佳代的脸上。

"你到底想干什么？你快说，到底想干什么？！"

全身赤裸的佳代被手铐铐着，她淋湿的头发变得凌乱，身体上还挂着水草。但佳代却认为这样的自己反倒相当美丽。

她完全没有感觉到一丝冷意。反而认为冰冷的沙子让火热的后背感到舒适。

旁边的圭介躺在沙滩上。佳代看到了他起起伏伏的腹部。在这片静止的景色中，只有圭介的腹部在动。

两人就这样不知待了多久，圭介突然发出笑声。

一开始是微弱的笑声，慢慢变成了无法控制的大声傻笑。

佳代凝视着星空，倾听着对方的笑声。她并不觉得害怕，当然也不觉得有趣。

"我说，要不要一起离开？"

圭介止住笑声，喃喃说道。他的声音仿佛能渗进泥沙之中。

"一起离开？"佳代依旧望着星空问道。

"是的。就咱们两个人，一起离开。"

"去哪里？"

"就跟我走吧……"圭介突然坐起来，看着佳代的脸，"你脑子有问题。"他笑道，佳代则默默点头。

"你脑子有问题吧？"

佳代再次点头。

"我脑子也有问题。"

圭介站起身，朝佳代伸出手。

佳代回握住他的手。

"走吧。"

圭介突然很轻松地将她抱起，然后朝别墅方向的道路走去。

抱着自己行走的圭介，他身体的震动令人感到心安。佳代的双脚毫无防备地摇晃着，圭介的手则触摸着她的身体。

闭上眼睛的佳代，想更仔细地体会这份触感。

被人抱着走过森林，不知为何，这令她相当怀念。就在这个时候，那段记忆再次苏醒。是年幼时祖母告诉她的天狗的故事。

某一天，村中的少女失踪了。村民拼命搜寻可始终没有发现少女的踪迹。就在这个时候，少女在森林中苏醒了。被黄昏笼罩着的森林中，少女被一个奔跑之人抱在怀中。

那人有着很粗的臂膀。

"你是何人？"

"老夫是天狗。"

圭介突然停下脚步，他将佳代从怀中放下。两人已经来到了别墅前，圭介打开副驾驶的车门。

"上车。"

"可是……"

佳代全身赤裸，戴着手铐。

"快上车。"

佳代被推到副驾驶上，后背上沾到的沙子，开始慢慢掉落。

圭介坐上车，启动引擎。打开车灯，眼前的森林被白光照亮。

"无论是你还是我，咱们脑子都有病。两个脑子有病的人一起去兜风吧。"

突然启动的汽车驶离别墅。

"要是被看到的话，就直接完蛋了。即便没有被警察发现，也会有人报警吧？一同等红灯的司机会吓一跳的，他们肯定会慌忙拨打电话报警。'有个浑身赤裸，戴着手铐的女人被人绑架了！'就算说只是在玩游戏，又会有谁能相信？不可能有人信的。要是有人相信的话，那人一定也是个变态。"

圭介反常地说个不停，他似乎对自己的这些话感到很兴奋。

汽车驶出别墅区。湖畔的道路上有很多路灯，佳代雪白的肌肤在车内若隐若现。

由于没有系安全带，车内的警报声响个不停。

继续沿着湖边行驶，汽车便会进入外环道。现在没有其他车子并排或从对面驶来，但进入外环道后情况就不一样了。

正如圭介所说，外环道上或许会有警车。或许会被旁边并排的卡车司机从驾驶座上看见。或许会被对面驶来的司机报警说有碍观瞻。

佳代再次闭上眼睛，车体的震动沿着车座传进她的身体。

天狗仍抱着佳代在森林里奔驰。

佳代更加用力地闭紧双眼。

天狗不断奔跑，速度快到根本无法看清周遭的景色。想分一杯羹的狼群紧跟其后。

"实际上，天狗这玩意儿，既不是怪物也不是妖怪。"突然传来奶奶的声音，"他其实是修验道的山伏，在经过残酷的修行后，变成了恐怖的样子。天狗并不恐怖，所以小佳代可以放心睡觉。"

年幼的佳代睁开眼睛。奶奶的手温柔地抚摸着佳代的小肚子。

"我要是恐怖的天狗就好了！我想被恐怖的天狗掳走！"

就在此时，汽车突然急刹车。反作用力让佳代的背部离开椅背。

她睁开眼睛，车子停在即将进入外环道的地方。

还差一点就能开到交汇地了。外环道的前方，到处都是红色的尾灯。

"结束了。"

圭介的语气很平静。他只说了这么一句话，然后直勾勾地盯着交汇地的红色车灯队伍。

"结束？"

佳代哑然。只有自己仍在天狗的怀抱，奔跑于森林之中。

"结束就是结束了。并非以往说的那种结束。我之前总是给你发短信说咱们不要再见面了，这是最后一次这类的话。但这次并非以往的那种结束，而是真真正正的结束。"

圭介说完，便握住方向盘准备倒车。

"请等、等一下……"

佳代不由得将手伸向方向盘，铐在她手上的手铐发出响声。

"先把你的手铐解开吧。"

圭介从口袋里掏出钥匙，然后娴熟地解开手铐。

"只是警察使用的同款型号的手铐，网上就能买得到。"

佳代解开手铐的手腕有些泛红。

"想起来了。"圭介突然转动身体，从后座抽出一条薄毛毯盖在佳代身上，"这是我钓鱼时用过的毛毯，估计有点鱼腥味。"他说完后，再次握住方向盘开始倒车。

　　"那个……"佳代不禁开口说道。

　　听到佳代说话，圭介暂时停下了手上的动作。

　　"我已经回不去了……"佳代很自然地说出了这句话，"已经变成这副模样了，就算让我回到村子，也没有我的容身之地。变成这样的女人，已经没救了。"

　　"村子？"

　　强烈的灯光照在圭介疑惑不解的脸上。

　　"你要是天狗的话，应该像它一样最终将我带走。不要把我丢在半路上。现在才说你不是怪物而是人，真是太狡猾了。"

　　不经意间，佳代眼前的红色车灯队伍，已经变得模糊不堪。

　　圭介伸手擦去从她眼中流出的泪水。

　　"即便如此，也不能硬撑下去……如果这里是大海的话，或许还能前往远方……可这里是湖啊。"

　　佳代死死地盯着圭介的眼睛。

　　"……然而我已经回不去了。这个身体已经无法恢复到从前的样子了。"

　　圭介的目光已经不再盯着佳代。

半年后

冰冷的厨房地板令人感到舒服，佳代赤脚走在光滑的地板上面。今天除了香蕉以及里海酸奶这种简单早餐外，还有冰镇蔬菜制作成的分量较多的沙拉。

佳代嫌麻烦，不想把早餐端到客厅，每天早上都在凉爽的厨房用餐。洗完碗碟，她跑到二楼换上运动服，然后走出今天也同样日照强烈的户外。

当佳代在停车场做伸展体操时，那只独眼的野猫跑来蹭她的脚。

"还没吃饭吧？"

佳代一边做着伸展体操，一边抚摸着它的肚子。野猫对她很放心，躺在地上，露出肚子。

"哎呀，佳代，你要去慢跑吗？今早很清闲嘛。"回头望去，佐伯阿姨正好端着猫碟出来，"今天下午上班，还稍微睡了一个懒觉。快看，阿姨给你端来饭了。"野猫快步跑到了佐伯身边，"佳代，你一般在哪里跑步？"

佐伯抚摸着大口吃食的野猫问道，佳代回答说："就是沿着湖跑步。"

"很舒服吧？"

"县道的车很多，不过要是跑进里面的道路，或者在沙滩附近的话，就会很舒服。"

只是稍微做一下伸展体操，额头上就已经微微有汗水流出。

"对了，正和先生从家里搬出去快一年了吧？"

听到佐伯的话，佳代点头道："是的。"

"应该是前天吧，他开车过来拿行李，我还跟他聊过一会儿，他还是老样子嗓门很大，看上去很有精神。"

"听说他最近和同居的那位，还一起去了卡拉OK教室。"

"欸，去唱卡拉OK了？"

吃完饭的野猫顺着川端的石桥跑掉了。佳代像追着猫一样穿过石桥，并对佐伯说道："我先去跑步了。"她慢慢加快步伐。日照虽然很强烈，但清晨舒服的早风拂过她的脸颊。

佳代之所以会像这样跑步，就是因为在跑步的时候什么事都不需要思考。她后来突然发现，跑步这件事的本身反倒成了目的。也就在不知不觉间，佳代发现一直笼罩在她身边的某种东西，似乎彻底散去了。

连续发生在枫叶园和德竹会的死亡事件，完全陷入迷宫之中。最近在工作的地方，几乎没有人再提过这个话题。

唯有每次当松本郁子的律师团针对西湖署审讯问题提起的诉讼有了新进展时，养老院的工作人员才会很热情地谈论有关的新闻。

佳代尽量不去参与这个话题。不过，就算不参与此事，详细情况也会传到她耳朵里。

当初一贯主张在审讯中没有采取强制以及违法恐吓行为的西湖署那边，中途更改了说辞。

据说改变说辞的人是那个叫作滨中圭介的年轻刑警。他承认警方在审讯过程中有违法行为。由于遭受起诉，他已经受到处分，不过根据养老院员工的说法，圭介很有可能会辞去警察的工作。

佳代并不知道这位刑警到底有没有对松本郁子做出违法的审讯。她自然更不清楚，他为何会在审讯过程中更改自己的主张。

不过，自己和他毕竟度过了一段某种程度上疯狂且短暂的时光，这件事，佳代的身体依旧清楚地记得。

自从在他的命令下跳入冰冷的湖水，又被他救上来的那天后，圭介只联系过她一次。

对方只是让佳代立刻前往琵琶湖，但佳代表示自己要上班没办法过去。

必须放下工作才能去见他的焦虑感，以及不应该再这样继续下去的危机感，令佳代大脑一片混乱。

她很快又收到一则消息："上次真是抱歉。我也不知怎么了。真的很抱歉。真的，向你致歉。"

仅此而已。

之后，他再也没有联系过佳代。

最开始，佳代感觉似乎只有自己沉入了那座冰冷的湖中。她不停思考，对方究竟对自己做了什么？

　　每天持续的工作使她勉强克制住了自身的冲动，究竟是从什么时候开始，自己坚持每天清晨去湖边跑步的呢？由于平日里运动不足，原先她连跑一百米都会气喘吁吁。她的身体逐渐想起了昔日的节奏，自己在初高中时虽然只是学校的候补选手，但起码也曾参加过田径队。不经意间，她开始不再去想圭介究竟对自己做过什么。

　　她只知道自己发生了改变。但究竟变成了什么样，以前的自己又是什么样的，她并不是很清楚。不过佳代只是觉得，眼前原本模糊不清的景象似乎变得清晰起来。

　　话说回来，恰巧就是这个时候，她偶然遇到了服部的外孙女三叶。

　　"你外婆今天要上夜班，现在还没到下班时间。"佳代告诉她，没想到三叶很露骨地皱起眉头说了句"什么？"，然后用恶劣的态度说道："外婆又记错时间了，她该不会真有AD吧？"

　　三叶的语气实在是太过无情，佳代忍不住斥责道："你怎么可以这样说话啊。这样说你外婆，她实在是太可怜了。"

　　然而三叶却满不在乎，反倒反驳说："正是因为她成天到晚跟一帮患有AD的人打交道，才害得自己也得了AD的。"

　　一想到大人没有履行对孩子的约定，或许可以原谅吧，但佳代不知为何突然相当愤怒。

　　"正是因为你外婆累死累活地辛苦挣钱，你才能上学的！"

　　"我又没有拜托她。"

　　"你又在说那种话！"

"从以前开始，她就总说'累死了累死了'，我耳朵都快听出茧子了。不能动的人，管他们做什么啊？拿着那点可怜巴巴的工资给那帮人端屎擦尿的，压根儿就没有意义。"

"等三叶你老了也会一样的。"

"我才不想活那么久呢，我要在年轻漂亮的状态下死去！"

佳代感觉三叶那张可憎的面孔正在靠近自己。

她突然发现自己竟然抽了她的脸一巴掌。力道之大，令佳代本人都感到震惊。

三叶愣住了，她的脸开始红肿起来。

她的眼睛流出泪水。佳代慌忙道歉，她想抚摸对方的脸颊，然而三叶却露出狰狞的表情，怒吼道："别碰我！"

"对不起。"佳代再次道歉。

就在这时，佳代注意到自己压根儿没有资格对三叶这样的孩子说教，于是她反复道歉。

可气冲冲的三叶却离开了。

县道上满是汽车，佳代和往常一样，在沿湖一侧的步行道上慢跑。在跑步的时候，她思考着今日的工作流程以及晚饭应该吃什么之类的日常琐事。她认为，只思考这些事的自己相当健康。

她一边眯着眼看向沐浴在阳光下的湖面，一边跑步。当跑到巨大的树木下时，她感受到了风的凉爽。

这时，佳代看到步行道的对面跑来一名男子。对方似乎也注意到了她："今天有些晚啊。"

这位是总在差不多的时间段里，在这条步行道上跑步的人，有一次他曾提醒过佳代鞋带松了，之后双方便开始有了寒暄。

佳代放慢脚步，笑着回应道："是啊。"

有一次，二人并排跑步的时候，对方聊到了他是给枫叶园批发食材的超市员工。

"你已经跑完三角公园了吗？"擦身而过时佳代问道。

"是的。今天跑得比较快。"

男子回答道，他突然停下脚步，肩膀大幅度地上下起伏。

佳代也跟着停了下来。

"那个……"男人还在大口喘着气，"那个……如果可以的话，下次早上，要不要一起跑步？"

"早上？"佳代问道。

"是的。对面的山坡被照得通红，相当漂亮。湖水寂静无声，只能听到自己喘气的声音，非常舒服。"

男人说到这里，终于放下撑在膝盖上的手，站直身体。

"听上去很不错，那下次请务必带上我。"佳代很自然地说出这句话。

"真的吗？"

"我大概率追不上你。"

"我肯定会慢慢跑的。天还没亮的时候，脚底会很危险。"

"那就请多指教了。"

"好。"

佳代可以清楚想象出，自己在湖畔迎接美好清晨，只是一个心思跑步的样子。

〇

琵琶湖的夜晚，突然明亮起来。

天空、湖面、对岸的山脊线。在没有分界线，一片漆黑的世界里，只能听到波浪的声音。然而，即便能听到这个声音，也不知道它究竟来自何方。

如此漆黑的世界里，首先浮现出来的，是湖面的波浪。

在湖面摇曳的波浪，虽然称不上是最初形成的色彩，但却变成了这个漆黑世界中的第一道光。由于波浪晃动，因此得知此地为湖面。

如果没有摇曳的波浪的话，这里便不会存在。

一直盯着看，给人感觉这个世界似乎只剩下这片湖了。孤独感突然袭来，这种感觉属于没有色彩的颜色。

但湖面的样子，每时每刻都在变化。

原本是有亮光的湖面，开始拥有了可以被称之为银色的颜色。可同样是银色，湖面从蛞蝓爬行过所留下的那种发光的银色，变成了被称之为月白的古典颜色，总之湖面的颜色一直在变化着。

令湖畔夜色亮起来的，并非只有颜色。

就如同湖面隐约出现在那原本漆黑的世界中一样，声音也逐渐现身了。

在昏暗且分不清方位的森林中，最先苏醒过来的似乎是小鸟们，它们那清脆的鸟鸣声，听上去是那么的惹人怜爱。不过，那种怜爱之音，又像是在黑暗的夜色中发出来的胆怯之声。

比湖面的波浪稍微晚一些，对岸的山脊线也逐渐浮现出来。

天与山。

这两种将漆黑的世界一分为二的颜色。

天空朝淡墨色，山的地表朝铅色发展，相互间的颜色逐渐分开。覆盖天空的淡墨色，据说在千年前便用来浸染丧服，或是用在通知讣告的信纸上。

淡墨色的天空，在分秒间扩展开来。用扩展来形容颜色或许有些不恰当，但就如同花朵绽放一般，天空逐渐明亮起来，山的地表就跟追赶似的，从铅色变成了淡墨色，同样扩展了颜色。

当世界分为天、山、湖的时候，便能逐渐见到其全貌。

浮现在眼前的是湖泊巨大的湖汊，是对岸山的地表，是笼罩着浓雾的湖面。寂静到几乎将人吞没的湖面，不断延伸到遥远的地平线上。

而这一切都并非为了他人。

鸟儿们的鸣叫、湖面的平静、天空纯粹的明亮，此刻只是为了自己。

这便是世界的开始。

被大雾笼罩的湖的对岸，隐约浮现出路灯。

宛若流星般的残影，很难分辨出它究竟在何处闪烁着光芒，或者说是否曾存在于此？注视着如此这般的路灯，不禁感叹道由人所打造出的历史，仅仅只有几千年。而这座湖泊所见证过的时间，则令人感到震惊。

宛若水墨画的世界里，最先微微渗出的是青色。

最开始，东方的天空中混入了群青色。慢慢地，山的地表染上了蓝色，而湖面映照出的那个颜色，则变成了属于自身的色彩。

简单来说，同样是青色，据说在日本有着藏青、琉璃色、浅葱色等八十种以上的颜色。各式各样的青，由深颜色开始，依次从天空与湖水中渗出。

当世界获得最初的颜色之时，湖面出现了水波摇曳外的声音。

体型庞大的野生鸟类掠过大雾弥漫的湖面。好似蟾蜍般低沉的鸣叫声充满了野性，鸟儿伺机等待鱼儿跳出湖面的那个动作，令原本平静的湖面，突然变得凶猛起来。

它们张开巨大的黑色翅膀，越是靠近压迫感越发强烈，似乎是要将整个世界再度拉回黑暗之中。

很快，鱼儿跳出湖面。

那微弱的水声，恰如交响曲发出的第一个声音，响彻湖的四周。

鸟儿突然直下，在湖面溅起水花。

跳起的鱼儿不知是否安全，或许已经被鸟儿的利爪捕获。此时的湖面，只留下生死有别的紧张感。

距离日出虽然还有些时间，但东方天空的蓝色变得愈发厚重。发出刺耳"嘎嘎"鸣叫声的，也是鸭子的一种吗？在通往湖面的芦苇滩中，它们在水中划出的波纹逐渐变大。

自身后山下飘来的晨风，拂过那片芦苇滩，向湖面吹去。

漂浮在远方湖面中的浮标和支柱，在风中依次摇摆。吹来的风明显不是晚风了。湖面的大雾被吹散，树与芦苇的叶子变得绷直。

这风似乎就是信号，让原本只有声音的世界，滋生出感情。

漂浮在东方天空的云开始被染成了淡樱色，对岸原本单调的地表，密集生长的树木，每一棵、每一枝、每一叶，全都清楚地浮现出来。

朝霞借助飘浮在东方天空中的云朵，慢慢逼近这个世界。如果说青色在分秒间赋予了这个世界色彩的话，那么燃烧着天空的红色，便是告诉了我们这个世界所具有的感情。

此刻云朵的颜色，如果将其命名的话，应该是一种被唤作"红八盐"的色彩。

据说在平安时代，是用红花浓染制作而成了这种红色，由于过于昂贵且奢侈，于是这便成了禁用之色。而这种红八盐也因此魅惑了贵族们的内心。

东方的天空被大面积地染成了这种颜色。红八盐的朝霞，也倒映在湖面上，水波晃动，仿佛散落着金箔一般。

将视线收回岸上，水边有两只菜粉蝶在空中嬉戏。它们如跳舞般转个不停，一会儿高高飞到有着朝霞的天空上，一会儿又落回湖面上。

这一切并非为了他人——这个念头再次浮现。

这两只正在嬉戏的菜粉蝶、天空与染红的云朵、逐渐亮起的夜空，不就是为了此刻看到的每一个人吗？

在芦苇的摇曳中不断靠近岸边的波浪，冲洗着附近的砂石。

伫立在四周森林中的鸟儿们传来了精力充沛的鸣叫声，似乎是在回应着水波有规律的响声一般。

这里依旧只有大自然的声音。

它们一定知道，这个世界是何等的美丽。

所以才想将这份美好传递给每个人。

无须言语。只需蹲在岸边，触摸靠近于此的波浪即可。清凉的湖水一定会告诉我们一切。

只需要抓起脚边的石子，然后扔进湖里即可。闪烁着光辉的小石子、泛起波光的湖面，一定会把所有事告诉我们。

这个世界首次混入人类的声音，是从对岸传来的游艇的引擎声。

那是出来捕鱼的游艇传来的微弱的声音，这个声音或许是在宣告湖中清晨的结束。远方传来的引擎声听上去带着一丝悠闲。

接着发出声音的，是最前方的度假小屋。在被大雾笼罩的森林里，搭建着五六栋用来度假的房子。

最前方的木质小屋中亮起的窗灯，比雾中的暗淡阳光还要亮眼。

坐在水边木头上的池田站起身，看了眼手表，才发现此时不过凌晨四点。

小木屋的门开了，从里面走出一人。虽然无法看清相貌，但从边打哈欠边伸懒腰的身影中能够看出，应该是个年轻人。

池田小心翼翼地移动，避免脚下发出声音。他藏到一棵巨大榆树的后面，这回能清楚地看到从小木屋走出来的人影。

没错，站在那边的人就是昨晚在这露营区附近，坐在火堆旁，公开声称自己是服部外孙女三叶粉丝的男生之一。走出小木屋的少年像是在做伸展体操般走向露营区的公厕。

池田本想跟上去，但很快又走出一名少年。这名少年并非要去厕所，而是前往了隔壁的木屋。

少年客气的敲门声被吞没在琵琶湖中，被敲门的木屋亮了起来。

走出来的是三叶。只有她一个人在使用这间木屋。

那是相当奇妙的场景。

在清晨的大雾中，有这样一群放暑假的孩子。然而从他们的表情中丝毫见不到欢乐或者喜悦。他们犹如默默执行被分配到任务的士兵一般。

池田等待着从第三间木屋中走出来的其他男生。

昨晚围坐在火堆旁的年轻人，连同三叶在内，总共五个人。陪同他们的还有服部两口子，不过在晚上九点多，也就是熄灭火堆后，夫妻俩就留下回到各自木屋的少年们，回到了自己家中。

汽车车灯在远离湖畔的道路上，许久不曾消失，那光亮宛若萤火虫般照亮树木。

就在夫妻俩离开约一个小时后，孩子们居住的木屋也熄灭了窗灯。三叶的木屋播放着偶像团队的歌曲，巨大的声音持续了一段时间。

在接下来的六个小时里，池田一直在和湖水对峙。他坐在倒在水边的木头上，等待着没有月光的漆黑湖泊，迎来朝阳的那个瞬间。

他没有任何证据，此时的处境仿若闭上眼睛般的漆黑湖景。即便是这样池田也没有认输。如果不解决这起事件的话，他就无法向前。

半年前，池田以个人原因申请了停职休假。他已做好离职的打算。可在渡边主编的全力挽留下，这才让现在的池田，进行为期一年的停薪留职。

他想知晓从什么东西中诞生出了什么，然后这其中又产生了什么。最为重要的是，他很想知道松江口中形容的那座美丽的湖畔，与眼前的琵琶湖有着怎样的联系？当然，二者之间或许并无关联。这就像是闭上眼睛的漆黑世界，或许就会像这个样子无法迎来清晨，永远身处黑暗之中。

如果按照以往的习惯，三叶他们此时应该会拿出望远镜观察野生鸟类。

虽然还不到早上四点半，湖水已经被晨光笼罩。或许又扑了个空。观察完鸟类的三叶等人，很有可能会搭乘几个小时后过来接他们的服部夫妇的汽车返回家中。

在屋外洗脸池洗完脸的三叶等人返回到木屋中。

池田跟以前一样，准备悄悄地回到停车场的汽车里。今天那个叫作滨中圭介的刑警果不其然也待在那个停车场。

他好像也是对此次事件着魔之人。

他也和池田一样扑了无数次的空，但他也一直在坚持着。

二人都知道彼此的存在，只不过并没有交谈过。

滨中圭介应该是从伊佐美刑警那里听到过关于池田的事。如今的他，因为对松本郁子所进行的违法审讯遭到了停职处分，恐怕日后大概率会宣判他免职。这完全是警方蜥蜴断尾的行为，可即便如此，圭介还是跟池田一样，必定会来到这座琵琶湖。

今天又跟往常那样扑了个空，池田选择放弃，就在他返回停车场的时候，那位叫作滨中的刑警弯着身子从车上下来了。

池田回过头。

就在这个时候，透过门的缝隙，能够看到三叶他们居住过的小屋的内部样子。屋内的墙壁上挂着白色的衣服。

池田的膝盖颤抖起来。

他用手支撑着榆木，对自己说道："冷静点。"

这时，身穿白袍的少年们从各自的木屋中走了出来。他们并非像往常那样走向湖畔，而是由三叶带头朝车道走去。

孩子们排成一列，其庄严的样子甚是诡异。

通过孩子们背影还有步伐可以得知，他们是有目的的。就在下一个瞬间，三叶的声音通过风声传到了池田耳朵里。不知为何，仅仅是那个瞬间，琵琶湖的水波声与鸟鸣声，全都消失了，此刻的世界变得万籁俱寂。

三叶说出口的，是一家养老院的名字。身处这片露营地的池田早已猜到了他们的意图。

池田突然看到，滨中刑警也开始有所行动。

在追上那群孩子们前，池田再次望向这座琵琶湖。

湖水即将迎来美好的清晨。

北京市版权局著作合同登记号：图字 01-2023-5111

图书在版编目（CIP）数据

湖畔的女人们 / （日）吉田修一著；温雪亮译 . ——
北京：台海出版社, 2023.12
　ISBN 978-7-5168-3710-8

　Ⅰ . ①湖… Ⅱ . ①吉… ②温… Ⅲ . ①长篇小说 – 日
本 – 现代 Ⅳ . ① I313.45

中国国家版本馆 CIP 数据核字 (2023) 第 220733 号

湖畔的女人们

著　　者：[日]吉田修一	译　　者：温雪亮

出 版 人：蔡　旭	封面绘制：Re°（RED FLAG SHIP）
责任编辑：员晓博	封面设计：🐘·车　球

出版发行：台海出版社

地　　址：北京市东城区景山东街 20 号	邮政编码：100009

电　　话：010-64041652（发行、邮购）

传　　真：010-84045799（总编室）

网　　址：www.taimeng.org.cn/thcbs/default.htm

E – mail：thcbs@126.com

经　　销：全国各地新华书店

印　　刷：北京盛通印刷股份有限公司

本书如有破损、缺页、装订错误，请与本社联系调换

开　　本：880 毫米 × 1230 毫米	1/32
字　　数：185 千字	印　　张：9
版　　次：2023 年 12 月第 1 版	印　　次：2024 年 2 月第 1 次印刷
书　　号：ISBN 978-7-5168-3710-8	

定　　价：56.00 元